孫臏智鬥龐涓

管家琪◎文　蔡嘉驊◎圖

作者的話

一個既精采又慘烈的故事

春秋戰國時代有很多膾炙人口的故事，「孫臏智鬥龐涓」就是其中之一。這個故事的戲劇張力很強，兩個主人翁孫臏和龐涓也都很精采。

先說龐涓。龐涓性格中最明顯的一個特質就是善妒。在羅貫中《三國演義》所塑造的周瑜之前，龐涓幾乎可以說是「嫉妒」這個詞的代

名詞。最主要的原因是嫉妒孫臏掌握了一些自己所沒有學過的兵法，他不顧兩人同窗情誼，以及孫臏對自己全然的信任，竟設下陷阱一步步的迫害孫臏，還對孫臏施以殘忍的臏刑。

而孫臏則比較單純，缺乏防人之心，所以才會讓龐涓歹毒的計畫那麼順利的得手。但孫臏同樣是性格很強的人，可以說是敢愛敢恨的那一型吧，當他得知真相，發現發生在自己身上所有的悲劇都是龐涓所造成的，不難想像一定是備受打擊，不過，他還是咬著牙接受了殘酷的事實，這一點就足以表現孫臏性格中的強悍，畢竟，「面對現實」本身就需要很大的勇氣。此時的孫臏，人生目標應該只有一個，那就是一定要報仇！為了報仇，他就一定要想盡辦法先逃出魏國再說。為了達到這個目的，孫臏再次彰顯出極高的心理素質，忍受了常人所不能忍的屈辱，一方面是為了放鬆龐涓對自己的警惕，另一方面則是伺機逃出魏國。最後，在齊國人的幫助下，孫臏逃出了魏國，回到故土，又漸漸在齊國嶄露頭角，最後終於報仇雪恨，殺了無情無義的龐涓。

當年孫臏和龐涓一起在鬼谷子那裡學習兵法的時候，一定也有過真心相待的日子，所以在龐涓先行下山尋求發展時，孫臏才會那樣的殷殷相送，而龐涓表示自己只是先去探路，等到自己發達了一定會回來接孫臏，當龐涓這麼説的時候，也許是有幾分真情實感吧！只可惜等到龐涓果真受到器重之後，他變卦了，不僅捨不得讓孫臏來分享，甚至還擔心孫臏會搶了自己的光芒，這也就無怪乎當龐涓日後發現孫臏居然擁有自己所不知道的兵法時，會嫉妒得發狂了。這份嫉妒，導致兩人從單純師兄弟的關係演變到後來竟成為「不是你死，就是我活」的不共戴天的仇人。經過幾次交手，兩人的故事最後以龐涓死於孫臏之手而告終，整個故事既精采又慘烈。

而這個故事，其實隨時都可以看得到現代版，在社會上很多角落默默的上演……

或許就是因為這個緣故，這個發生在兩千多年以前的故事，如今讀來還是很容易讓人有所共鳴和感觸。

不過，值得一提的是，這個故事的結局其實還有另外一個版本。根據1972年在山東臨沂銀雀山漢墓出土的《孫臏兵法》中所記載，龐涓其實是在桂陵之戰就被孫臏所擒。如果這個說法屬實，那就沒有後來的馬陵之戰了。此外，在這個故事的簡略版中，往往都會去掉墨子這個角色，而把墨子的戲份集中到禽滑釐的身上，這一點也是要向讀者加以說明的。

目錄

1 魏惠王的懊悔

這是一個發生在戰國時代的故事。

經過春秋時期三百餘年來的爭霸戰爭，許多規模較小的諸侯國逐漸遭到兼併，到了戰國初期，諸侯國已經為數不多，主要有齊、楚、燕、韓、趙、魏和秦等七國，史稱「戰國七雄」，這七雄絕大多數都具有「唯我獨尊」的野心，而想要達到這樣的目標，自然就需要更加快速的發展，盡快提升國力。

西元前350年，商鞅變法，成果卓著，使得地處比較偏遠的秦國很快就成為當時最強大的國家。這個事實讓中原地區的國君（譬如韓、趙、魏）在震驚之餘，都感到格外的羨慕，因為以地理位置而言，這三個國家的條件都是相當優越的，沒想到如今卻被一個地處偏遠的秦國給領先了。問題到底是出在哪裡呢？一個普遍的看法是，由於秦國掌握了人才，因此連帶掌握了改革和發展的契機。也就是說，秦孝公重用商鞅而得到巨大成功的例子，無疑提供了一個嶄新的方向，因為，商鞅其實是衛國人（所以最初大家稱他「衛鞅」），他原本是衛國一個沒落的貴族，眼看衛國太過弱小，不能讓自己施展抱負，於是遠走他鄉尋找發展的機會，後來聽說秦孝公正在廣招人才，才跑到秦國去，不但得到重用，秦國也得以走上富強之路。這個事例證明了一個心胸寬大的國君，面對一個願意為自己效力的人，首先應該關心的是此人究竟是不是一個人才，而不要那麼在意他是哪一個國家的人，如果國君能夠擁有如此恢弘的氣度和格局，就很有可能為國家帶來不可思議的轉變。

在中原國家都紛紛想要效法秦孝公重用商鞅的例子時，魏惠王的心情是最為複雜的，除了羨慕與嫉妒，還有一些懊惱；因為，當年商鞅在離開衛國之後，其實第一個前往的國家不是秦國，而是魏國！可惜，魏惠王最終竟然錯失了這樣一個了不起的人才。

商鞅之所以會選擇魏國作為施展抱負的舞臺，是因為與魏國的相國田文熟識，不料當他來到魏國以後才發現原來田文已經死了，接任田文擔任相國的是公叔痤（ㄘㄨㄛˊ）。不過，公叔痤倒也能夠慧眼識英雄，幾番交談下來就已被年輕的商鞅所折服，接下來公叔痤陸續把一些棘手的事情拿出來與商鞅討論，商鞅都能提供一套令公叔痤感到非常讚佩的計策。這樣過了一段時日，公叔痤對商鞅益發的欣賞與依賴。然而，就在公叔痤正打算要正式向魏惠王舉才的時候，卻突然病倒了，而且病魔來勢洶洶，在很短的時間之內，公叔痤就病勢沉重。

在公叔痤病重的時候，魏惠王曾經親自前來探望，看到公叔痤奄奄一息的模樣，非常難過，也非常憂心，流著淚對公叔痤喃喃道：「萬一你真的一病不起，今後寡人要將國家託付給誰啊？」

這個時候，公叔痤的意識還是清楚的，就拚盡力氣一字一句的告訴魏惠王，商鞅是一個少見的奇才，他的才智，勝過自己十倍以上，懇切的建議魏惠王不妨重用商鞅。

魏惠王聽了，露出驚訝的神色，沉默許久，什麼話也沒說。

在魏惠王的眼裡，商鞅只不過是一個口才或許還不錯的年輕人，怎麼可能會是一個驚世奇才？何況他還是一個外國人，身為國君怎麼可能把國家的前途託付給一個外國人呢？魏惠王心想，公叔痤恐怕已經意識不清了，要不然怎麼會做如此荒唐的建議。

魏惠王的沉默，讓公叔痤明白自己的建議是得不到認同了，於是又掙扎著說：「如果不用鞅，那就一定要……一定要殺了他，千萬不能讓他離開我國，以免當他受到別的國家重用的時候……會為我國帶來禍害……」

聽到公叔痤這番話，魏惠王感到更加驚異，不重用就殺掉？怎麼會這麼極端啊？

魏惠王隨口應了一聲「好的，我知道了」，但其實心中真是無限的悲傷；他確信公叔痤是在胡言亂語，顯然是時日無多了。

等到魏惠王離去之後，虛弱的公叔痤就要人把商鞅找到自己的病榻前，吃力的告訴商鞅，「先君而後臣」是自己一貫的原則，剛才自己在建議國君重用商鞅的時候，國君默然，而當自己建議「如果不用，就毅然殺之」，國君卻允諾了，現在看樣子國君是不會重用商鞅了，那麼，基於朋友的情誼，公叔痤把這一切都告訴商鞅，要商鞅還是趕緊逃走吧。

對於公叔痤在行將就木之際還如此掛念著自己，商鞅相當感動，但是他一方面毫無懼色，另一方面也沒有按公叔痤的叮囑趕緊逃離魏國。商鞅自有判斷。他認為，魏惠王既然沒有採納公叔痤重用自己的建議，那自然也就不會聽公叔痤的話真的要來對自己不利；也就是說，商鞅料定魏惠王根本就不會相信自己會有多大的能耐，既然自己在國君眼裡只不過是一個完全無關緊要的小人物，國君才懶得為自己費什麼腦筋呢，殺什麼呀！

結果，事情的發展果然如商鞅預料得那樣，魏惠王既不用他，也不殺他，完全把他當空氣，根本無所謂。

當時，有一位大夫公子卬，與商鞅的關係也很好，也向魏惠王舉薦過商鞅，但魏惠王還是毫不在意。

這樣又過了不久，商鞅聽到秦孝公正在向天下招賢，這才決定離開魏國，去秦國尋找機會。

後來事實證明，當秦國開始重用商鞅以後，國力果然迅速得到了提升，而隨著秦國日益強大，其他的國家包括魏國自然也就開始要倒楣了。因此，魏惠王經常會這麼想，如果時光能夠倒流，如果商鞅還在向自己尋求表現的機會時，自己能夠及時給他機會，重用他，那現在強盛的不就是魏國了嗎？

這麼一想，魏惠王對於人才的渴求就愈發的強烈了。

2 深山隱者出高徒

在魏國，有一個地方，被稱為「鬼谷」；「鬼谷」這個名稱，不是說這裡鬧鬼，而是說這裡森林密布，人跡罕至。偏偏在這樣的地方，住著一位很有本事的隱者。對山下的老百姓來說，這位隱者非常神祕，他的模樣看起來很平凡，也沒人知道他姓什麼叫什麼，但是當他偶爾下山，在市集裡為人占卜吉凶，真可說是應驗如神，令人嘆為觀止。漸漸的，這位隱者不凡的本領傳了開來，吸引不少人上山想要追隨他學習。這樣又過了一陣子，隱者就很少下山了，而老百姓在談起他的時候都稱他為「鬼谷子」。

「鬼谷子」實際上名叫王栩（ㄒㄩˇ），是晉平公時代的人，曾經在雲夢山與墨翟（也就是「墨子」）一起採藥和修道。只是墨翟是一個獨身主義者，早已發願要雲遊天下，到處助人，而王栩則帶著家眷潛居「鬼谷」，兩人自然就這樣分手了。

鬼谷子確實很有學問，特別是很能掌握「數學」、「兵學」、「遊學」以及「出世學」。由於掌握「數學」，日星象緯，都在其股掌之中，每當他彰往察來，自然也就一一應驗；精通「兵學」，對於如何布陣行兵，真可說是變化無窮；而所謂「遊學」，這個「遊」，不是指「遊玩」，而是指「遊說」，就是如何廣記多聞，還要深諳說話的藝術，才能明理審勢，並且在提出計策之後，令人心悅誠服。最後，所謂「出世學」，就是從飲食習慣、修身養性等各方面來學習成仙之道。

也許你會說，既然鬼谷子都知道該怎麼成仙了（要不然他怎麼教呢），那他幹麼不自己成仙就是了，何必還要隱居在一片荒山裡，過著如此清苦的生活？這主要是因為鬼谷子想要把自己的學問傳授給一些願意學習的人，看看能不能為亂世培養出幾個出色的人才，或許還能為七國之用。因此，關於收學生，鬼谷子有一個原則，那就是「來者不拒，去者不追」；意思就是說，只要有人慕其所學，想要追隨他學

習，他都會接受，同時還會根據學生的資質、興趣和性情，來建議學習的方向，但是如果有一天，學生覺得學習太辛苦，或者說感到在山上的生活太過艱難，或者說感到自己已經學夠了，而想要打退堂鼓，半途而廢，那麼鬼谷子也絕不挽留。

在我們這個故事開始的時候，追隨在鬼谷子身邊學習的學生有好幾個，後來比較出名的有齊國人孫賓（也就是後來的孫臏）、魏國人龐涓（ㄐㄩㄢ）和張儀，以及洛陽人蘇秦等等。其中，孫賓和龐涓同學兵法，還結為拜把兄弟，張儀和蘇秦則同學遊學，也以兄弟相稱。

現在，我們就把焦點放在孫賓和龐涓身上，來說說他們的故事。

3 鬼谷子為龐涓卜吉凶

這天，龐涓為了汲水，在偶然間來到山腳下，碰到幾個路人，無意中聽到他們說起魏惠王正在向天下招賢，說只要是賢者，不僅很快就可以出將入相，還會得到豐厚的賞賜。

龐涓聽了，不覺怦然心動。

他感覺彷彿已經可以看到嚮往已久的榮華富貴正在向自己招手哪！

龐涓心想，自己在這個雞不生蛋鳥不拉屎的鬼地方學習，轉眼也已經待了三年多，所有兵學方面該學的東西應該也都學得差不多了，自己早就想要下山了，今天正好聽到魏王求賢的消息，這豈不是天意？

不過，龐涓轉念又想，先生會不會不放人啊？先生真的是「去者不追」嗎？現在千載難逢的機會就在眼前，是不是只要自己能夠大膽的提出想法，先生就會二話不說的送他下山，絕不囉唆？萬一「去者不追」只是說說而已，那怎麼辦呢？話一說出口，就收不回來的，他不想弄得太難看，免得被同窗看笑話啊！

龐涓就這麼左思右想，不斷盤算著到底該怎麼跟鬼谷子開口，才能漂漂亮亮的脫身？

不料，稍後當鬼谷子一看到龐涓一副心事重重的模樣，馬上就知道是怎麼回事了，還笑著主動對龐涓說：「我看啊，你的運氣來啦，何不盡快下山，求取富貴？」

龐涓一聽，真是喜出望外！師父此言，真可說是正中下懷。既然師父主動表態，那也就省得他多費脣舌，真是太好啦！

「先生，不瞞您說，弟子也正有此意。」龐涓恭謹的應道。

儘管龐涓刻意講得很平淡，不想透露出自己太多興奮的情緒，其實鬼谷子早就把一切都看在眼裡，不過他並不想多說什麼，只是說：「那你就走吧。」

龐涓隨即提出了一個要求。

「弟子此番下山，不知道吉凶如何？能否請先生幫忙占卜看看？」

「可以啊，」鬼谷子一口答應，然後吩咐道：「你現在就去採摘一朵山花回來，我幫你占卜。」

「山花？」

「是啊，隨便什麼山花，你看中意什麼山花、想摘什麼山花，就帶什麼山花回來。」

龐涓滿腹狐疑。現在可是炎炎六月，又不是百花盛開的春天，要到哪裡去找山花啊？

「快去吧。」鬼谷子又催促道。

龐涓只得沿著山路，到處尋找。找了半天，什麼山花也沒瞧見，只看到一株草花。龐涓上前把這株草花連根拔起，正想把它帶回去，但是，拔起來以後，看了又看，總覺得草花看起來太過平常，又很柔弱，遠不如什麼梅花呀牡丹呀桃花呀要來得奪目，不由得心想，師父如果要以這株草花來占卜，能說出什麼好話？

龐涓不甘心，隨手把草花一扔，打算繼續再去尋找。

然而，他找了又找，幾乎尋遍了滿山遍野，就是找不到別的山花。無奈之餘，龐涓只得回到先前那個地方，把丟棄的草花再撿起來。此時草花的樣子簡直更不能看了。龐涓把這株看起來毫不起眼的草花塞進衣袖，然後回去跟鬼谷子

說：「先生，我都找遍了，山裡沒有花。」

鬼谷子微微笑道：「沒有花？那你放在衣袖裡的是什麼？」

龐涓一怔，只得面紅耳赤的把那株草花取出來。

可憐的草花，離開土壤已經好一段時間，又被丟在路邊曝晒過，然後被悶在龐涓的袖子裡，早就已經灰頭土臉半死不活啦。

鬼谷子接過草花，看了一看，問道：「知道這是什麼花嗎？」
「不知道。」龐涓搖搖頭。
「它的名字叫作馬兜鈴。」
馬兜鈴？龐涓還是沒有概念。
鬼谷子繼續說：「這種花呀一開總是十二朵，十二，這就是你能夠享受富貴的年數。」
啊？就是說只有十二年？這麼短！龐涓很不滿意，也很不服氣。
鬼谷子又說：「這個花，你是採於鬼谷，而它見了日頭就萎，很不經晒。你看看，『鬼』字旁邊傍著一個『委』，不就是『魏』嗎？這暗示著魏國就是你的發達之地。」
這番預言，龐涓聽了就很滿意，喜孜孜的想著，太好了，那現在魏惠王正在廣招賢才，自己去應聘，一定可以獲得賞識。

鬼谷子看到龐涓臉上不自覺所流露出來的得意神色，正色道：「不過，我得提醒你，此番下山以後，不管做什麼事，都要謹記一個原則，那就是千萬不要欺人，如果你欺人，他日必定也會被人欺，知道了嗎？不可不戒啊！現在，關於你的命運，我再送你八個字，那就是——『遇羊而榮，遇馬而瘁』，你要好好的記著啊！」

「瘁」是疾病、勞苦的意思，在問自己前程的時候聽到這個字雖然讓龐涓覺得很刺耳，不過好歹還只是「瘁」，不是「卒」（「死亡」的意思），所以他很快就在心裡把「遇馬而瘁」這句話忽略過去，而立即把重點放在前一句「遇羊而榮」上面，琢磨著「遇羊而榮」這句話是什麼意思？……

正在思考，鬼谷子打斷了龐涓的思路，嚴肅的說道：「為師能夠告訴你的就是這些了，今後你就好自為之吧。」
龐涓只得向鬼谷子拜謝道：「謝謝先生！」
然後就退下了。

4 離情依依

得知龐涓即將下山，幾個同窗都覺得有些不捨，其中最感離情依依的就是向來與龐涓交情甚篤、一同學習兵學的孫賓。

龐涓下山那天，孫賓堅持要送他一程，結果就這麼一路送下了山。途中龐涓幾次都說「兄臺請回」，可是孫賓都說「再送一程吧」，像是捨不得讓好友走出自己的視線。或許是有感於孫賓的一番盛情，在最後臨行之際，龐涓說：「我與兄臺有八拜之交，我發誓一定會與兄臺同享富貴，弟弟此番下山，如果真的爭取到什麼發展的機會，一定不會忘了哥哥，我一定會把哥哥也推薦上去，然後派人來接哥哥，同立功業！」

「真的嗎？」孫賓的神情與語氣都流露出一些驚喜，也有些不敢置信。這可讓龐涓急了，馬上脫口而出道：「當然是真的！如果弟弟有半點假話，那就讓我將來死於萬箭之下！或者……」

「哎哎哎！快別這麼說！」孫賓連忙阻止龐涓繼續再說下去，並且說：「我非常感謝你的一番盛情，我不是質疑你呀，你何必要發這樣的重誓！」

「總之，一旦弟弟我有了發達之日，絕不會忘記你的。」龐涓再次強調。

「好的，那我就先謝謝你了，我會等著你的好消息……」

說著說著，孫賓還流下了傷感的眼淚。

稍後，孫賓回到山上，鬼谷子看他一臉惆悵，臉上似乎還有淚痕，就關心的問道：「龐涓走了？」

「是啊。」孫賓點點頭。

「你是不是很捨不得？」

「是啊。多年同學的情誼，當然捨不得了，不過，看他即將飛黃騰達，還是很替他感到高興。」

「你好像對他很有信心嘛，」鬼谷子淡淡一笑，「你覺得龐涓此去，是不是必成一名大將？」

「那是當然的了，他本來就很優秀，又跟隨您學習了這麼久，此番下山當然能夠成就一番功名的。」

鬼谷子望著孫賓，有些意味深長的說：「那麼，如果我告訴你，關於兵學，其實龐涓還沒有學夠，也還沒有全部學完，你對他的前程還會這麼有信心嗎？其實我是看他心思浮動，顯然已經不能再繼續待在這裡專心學習，所以我才不多阻攔的，『去者不追』啊！」

「是嗎？怎麼會呢？」孫賓睜大了眼，對於老師所說的話感到非常的驚異。

不過，鬼谷子沒有再往下說，擺擺手就叫孫賓先退下了。

5 失傳兵法再現江湖

第二天，鬼谷子把學生統統叫到跟前，告訴大家，最近一到晚上，他的房間裡就經常有老鼠唧唧亂叫的聲音，吵得他無法入眠，所以從這天晚上開始，要大家輪流到他的房間裡來守夜，幫忙驅趕老鼠。

老師的命令，做學生的當然是義無反顧的應承下來。

這天晚上，孫賓負責值夜。他一走進鬼谷子的房間，看到鬼谷子還在燈下讀書。

「老師，您還不休息嗎？」孫賓的態度十分恭謹。

鬼谷子放下書，看著孫賓，「我正在等你。」

「等我？哦，老師有什麼吩咐？」

鬼谷子站起來，走到床前，從枕下拿出一卷文書，態度極其鄭重的遞給孫賓，「哪，拿去讀吧。」

「這是……」孫賓有些一頭霧水。

鬼谷子說：「這是你祖父孫武的《兵法》十三篇。」

「什麼！」孫賓大吃一驚，「祖父的《兵法》不是失傳了嗎？」

身為孫家後人，孫賓從來不曾見過祖父的《兵法》，如今卻突然從老師的手上接過這麼一份，也難怪他會感到如此驚奇。

說起孫賓的祖父孫武，那可是春秋晚期一位赫赫有名的軍事家。周敬王八年（前512年），本是齊國人的孫武在吳國大夫伍子胥（ㄒㄩ）的推薦下，帶著他的精心傑作《兵法》十三篇來到吳王闔閭（ㄌㄩˊ）的面前，和吳王大談治兵之道。

吳王闔閭閱讀了這十三篇《兵法》之後，非常欣賞，不過，由於擔心會流於理論，想證實一下可行性，便問孫武可不可以拿吳軍來試試看？

「當然可以！」孫武一口就答應下來。

或許是因為孫武表現得太過胸有成竹，吳王闔閭心血來潮，半開玩笑的又問：「就算是娘子軍也可以嗎？」

「是的，」孫武回答：「治兵之道，無分男女，就算是娘子軍也一樣。」

「真的嗎？你可別吹牛啊，哈哈！」

吳王闔閭饒富興味的想著，如果讓孫武面對一群嬌滴滴的「女兵」，看他要如何訓練。

主意打定，吳王便命人把宮中一百八十名佳麗召集起來，分為兩隊，還讓自己最寵愛的兩個妃子來分別擔任兩隊的隊長，然後把這支娘子軍交給孫武，請孫武訓練。

孫武先讓這些女兵都拿著長戟，再告訴她們現在要開始訓練左右轉。

女兵們看孫武那麼一副正經八百的樣子，都覺得很滑稽，一個個都嘻嘻哈哈、嘰嘰喳喳的，一會兒嬌嗔嫌長戟太重，一會兒又嚷嚷著說左右轉連三歲小兒都會，哪裡還需要學，總之，就是沒有把所謂的「訓練」當一回事，只當作是一場遊戲，面對孫武不斷的訓誡，完全不放在心上。

孫武停下來，命士兵把「鐵鉞（ㄩㄝˋ）」搬出來，放在旁邊。

「喲，這是什麼呀？」這個時候，女兵們還是毫不在意。

等到她們弄清楚鐵鉞原來是一種殺人的刑具時，不少人都忽然變了臉色，顯然都嚇了一大跳。此刻，空氣彷彿立刻凝結，現場氣氛一下子就嚴肅起來。但也只是稍稍嚴肅了一會兒，很快的大夥兒又紛紛放肆的嘻笑起來，而且好像比剛才鬧得還更凶了。女兵們都不約而同的想著，兩隊的隊長畢竟都是吳王的寵妃，待會兒就算有什麼事，也有她們倆擋著，有什麼好怕的！

儘管現場一片混亂，孫武仍然一臉嚴肅，耐著性子對女兵們反覆解釋左右轉的鼓聲以及相應的動作，並且說：「如果解釋不明，交代不清，是將官們的過錯，現在我再說一次……」

在三番五次的解釋之後，孫武命人開始擊鼓，下令女兵們右轉。

女兵們聞聲開始動作，有的右轉，有的左轉，轉得亂七八糟，連她們自己都覺得簡直是太糟糕了，一個個都掩著口嗤嗤的笑個不停。因為笑得太厲害，她們的身子也都扭來扭去，不成個樣子。

這時，孫武大聲說：「如果解釋不明，交代不清，是將官們的過錯，但是如果將官已經反覆解釋，士兵卻不聽命，這就是隊長以及士兵的過錯了，由於兩隊隊長都沒有以身作則，所以——來人啊！」

佳麗們一下子都愣住了。

孫武看著兩個隊長，用手一指，下令道：「把這兩個怠忽職守的隊長拖出去斬了！」

在場佳麗聽了，一個個都嚇得花容失色，兩個妃子更是大聲尖叫，吳王也立刻從椅子上蹦了起來，瞪著孫武，不敢置信道：「嗳嗳嗳，你這個玩笑未免也開得太大了吧！」

孫武冷靜的說：「不，軍中無戲言，當然不是開玩笑，來人啊！」

「什麼！你真的要斬寡人的妃子？你好大的膽子！」

這時，兩個妃子都已經哭得歇斯底里，頻頻大喊：「大王救命，大王救命！」

孫武卻完全不為所動，轉身喝問士兵道：「叫你們把兩個隊長拖出去斬首，立即執行，聽到沒有！」

眼看孫武是認真的，吳王急得直跳腳，氣急敗壞道：「豈有此理！寡人現在就命令你：收回成命，放了她們！」

「不，」孫武正視著吳王，一臉坦蕩，毫無懼色，一字一句的說道：「我既然受命為將軍，將在軍中，君命有所不受！」

結果，兩個隊長真的就這樣被拖出去斬了。

訓練繼續。接下來，別說是左右轉了，連行進、後退、陣容變化等等各種複雜的動作，佳麗們都做得一板一眼，再也不敢兒戲。經過大半天的訓練，她們看起來真的像是一支有模有樣的娘子軍了。

這也就是「三令五申」這個成語的典故，表示反覆向人告誡的意思。

經過這次的事件之後，吳王雖然心疼兩個愛妃，但也對孫武感到心服口服，相信孫武確實很能用兵，很快便任命孫武來治理軍隊，並且日後在與其他國家爭戰的戰略上，也都很信任孫武的判斷。

後來事實證明，吳王闔閭重用伍子胥和孫武，由他們兩人聯手來治國強兵，確實使得吳國的實力得到了實質性的巨大變化，後來竟然能夠西破強敵楚國，北邊威脅到齊、晉兩國，南邊還壓制了越國，可以說國力達到了鼎盛時期。

在取得了一連串的勝利之後，吳王闔閭對於孫武的《兵法》十三篇益發的感到佩服和激賞。確實，孫武之前投入了極大的心力，對夏、商以來特別是春秋時期大大小小的戰爭都做精心的研究，不但統整了前人軍事思想的成果，也以自己獨到的創見將這些心得融會貫通，形成一套思想嚴謹、結構合理的軍事理論體系，而這套完整的軍事理論體系就統統都表現在這十三篇《兵法》中。

說到這裡，鬼谷子告訴孫賓，由於吳王闔閭十分重視也十分珍愛此書，不希望讓別人再看到這本書，就把這本書藏在鐵櫃裡，再把鐵櫃藏在姑蘇臺的屋楹之內。後來，多年以後，越國軍隊攻破姑蘇臺，這本書就這麼消失在戰火之中……

「那您的手上怎麼會有這份《兵法》十三篇呢？」孫賓問道。

鬼谷子說：「那是因為我與你的祖父有老交情，我是在更早以前就有了這一份，然後親自做了詳細的注解，多少行兵的祕密，盡在其中，這可是一部兵學的寶典啊，我從來都不曾拿出來教過任何一個學生！」

孫賓很驚訝，「連龐涓也沒有嗎？」

「沒有，你是第一個。」

「學生與龐涓同學兵學，先生為什麼不教給他，而唯獨只教給我呢？」

「哎，你有所不知，如果得到這部《兵法》十三篇的人是仁者，善用它就能造福天下，否則就勢必會危害天下，而龐涓──他不是忠厚之人啊，我怎麼能夠教給他呢？」

「啊，是嗎？」

聽到老師如此評價龐涓，孫賓顯得相當意外。

「你拿去吧，」鬼谷子吩咐道：「用心研讀，三日之後再拿來還我。」

於是，接下來一連三日，孫賓都捧著這部經過老師親自注解的《兵法》十三篇，晝夜苦讀，絲毫不敢懈怠。

三日之後，又輪到孫賓負責要來幫老師驅趕老鼠的夜裡，孫賓恭恭敬敬的把書呈上。

「都念好了嗎？」

「念好了。」

「都記住了嗎？」

「記住了。」

「好，那我要考考你……」

結果，不管鬼谷子怎麼問，孫賓都應答如流，顯示他果真是把這部《兵法》十三篇念得滾瓜爛熟了。

「很好，很好！」鬼谷子大喜，頻頻讚許道：「你這麼用心，你的祖父若死後有知，一定也會感到很欣慰的！」

6 龐涓發達了

龐涓下山之後，直奔京城，求見於相國王錯。在王錯的面前，龐涓侃侃而談，不時就要刻意強調自己潛心研究兵學多年，已經從恩師鬼谷子那裡學到了所有關於兵學的本事，現在聽說魏惠王求才若渴，因此一心想來傾其所學報效魏王。王錯對龐涓感到深深的折服，於是立刻允諾一定會盡快向魏惠王引薦。

面見魏惠王的那一天，對龐涓來說真是一個大日子。他一早起來，就懷著熱切期待的心，一邊正衣冠，一邊也反覆琢磨著待會兒見了魏惠王之後，要怎樣才能在最短的時間內就爭取到魏惠王的信任。

終於，重要的時刻到了。龐涓在相國王錯的帶領下，進入王宮，來到魏惠王的面前。當時，正是魏惠王準備進餐的時候，瞧，魏惠王的筷子都已經舉起來了。而一看到桌上那一大盤蒸羊，龐涓的內心頓時就猛然的觸動了一下。

「遇羊而榮，遇羊而榮……」龐涓在心裡把這四個字默唸了好幾遍。

猶記得在下山之前，當他請老師為自己占卜前程的時候，老師清清楚楚的說了這四個字，當時自己還覺得很玄，猜不透那到底是什麼意思。如今看著桌上那道香噴噴又油膩膩的蒸羊，龐涓的

心裡非常激動，心想，這可不就是天意嗎？原來所謂「遇羊而榮」是這個意思，看來今天就是自己鯉魚跳龍門的大好日子了，老師真是神準啊！

龐涓還在竊喜，果然，魏惠王看到龐涓一表人才，氣宇軒昂，明白這就是之前相國王錯說要為自己引薦的能人，很高興，馬上放下筷子，站了起來，並且還朝前走去，親自迎接。

受到如此禮遇，龐涓的內心更加得意，不過，他當然還是小心隱藏那份得意，用一種非常自信但是又不顯狂妄的態度，向魏惠王表示：「臣學於鬼谷先生之門多年，對於用兵之道，可說已經充分掌握了所有兵學中的精髓……」

「啊，那太好了！寡人就是需要像你這樣的人才！」魏惠王大喜，緊接著馬上就跟龐涓討論起來。

龐涓本來就是能言善道，這會兒更是把握機會不斷很有技巧的自我吹噓，並且不時就賣弄一下對於過往戰爭的案例研究，要不就是把一些陣法掛在嘴上，恨不得能夠在最短的時間之內就把自己多年所學全部一股腦兒的傾倒出來！

魏惠王聆聽得非常專注，愈聽就愈覺得自己當年有眼無珠錯過了商鞅，這一次他絕對不能再錯過龐涓了！

「我們魏國，東邊有齊國，西邊有秦國，南邊有楚國，北邊有韓、趙、燕，現在我們七國可以說是勢均力敵，而趙人奪我中山，此仇未報，先生對於眼前的情勢有什麼對策嗎？」

魏惠王所謂的「趙人奪我中山」，是這樣的：

在周威烈王十八年（前408年），魏文侯看中山國吏治敗壞，命大將樂羊率軍越過了趙國而攻滅了中山國，然後先後派太子等人治理中山國，使得中山國不僅和中原其他國家都逐漸加強了來往，當地的經濟與文化也都有了高度的發展，可是由於中山國和魏國之間還有一個趙國，魏國受限於這樣的地理位置，始終無法對中山國進行有力的控制。

面對魏惠王的提問，龐涓早有準備，於是大發高論，甚至信心滿滿的表示：「大王不用微臣則已，如果能夠用微臣為將，微臣保證一定戰必勝、攻必取，在不久的將來就可以兼併天下，根本用不著把那區區六國放在眼裡！」

啊！兼併天下！這可是魏惠王的理想啊！

魏惠王大喜過望，馬上追問道：「先生此言，可是當真？先生的種種謀略真的都能夠實踐嗎？」

「當然可以！」龐涓毫不猶豫的就給了非常肯定的答案，正色道：「臣估計，以臣多年來對於兵學的研究和掌握，絕對有能力把六國都操縱在股掌之中，現在臣所缺的只是一個表現的機會而已！如果大王能夠給微臣一個機會，臣保證很快就可以拿出實際的成績給大王看。如果臣做不到，如果臣今日所言全是空話，甘當伏罪！」

「好，好！寡人就給你一個機會！」

魏惠王很快就拜龐涓為元帥，並且兼軍師之職。也就是說，關於魏國今後在軍事上的所有決策，都是龐涓一個人說了算，權力非常之大。

不僅如此，在「一人得道，雞犬升天」的傳統觀念下，龐涓的兒子龐英，以及姪子龐蔥、龐茅，也都搖身一變成了將領。

接下來，龐涓練兵訓武，一心準備要建立顯赫的軍功。他先入侵衛國、宋國等諸小國，屢屢旗開得勝，迫使宋、魯、衛、鄭等諸小國的國君聯袂來到魏國致意。不久，齊軍侵境，龐涓領軍抵禦，也大敗齊軍，至此龐涓更是得意非凡，不可一世。

7 魏惠王召孫賓出山

這天，雲遊四方的墨翟，偶然經過鬼谷，就心血來潮前來拜訪老友鬼谷子。對於墨翟的來訪，鬼谷子很高興，鬼谷子的學生更是一個個都很興奮。因為，從老師的口中，大家早就知道墨翟是一個奇人，如今能夠和這樣的奇人如此面對面的交談，簡直就像是作夢一樣。

墨翟是魯國人，早年曾經受過儒家教育，但是後來卻拋棄了儒學而創立了墨家學派，「兼相愛，交相利」是他的核心學說。

在鬼谷子的學生中，墨翟對孫賓的印象似乎最好，幾番交談下來，墨翟甚至有些不解的對孫賓說：「我看你對兵學其中的奧妙已經掌握得相當透澈了，為什麼不離開這裡，下山去求取功名呢？現在正是各國都很需要人才的時候啊！」

孫賓說：「我有一個同學龐涓已經下山了，計畫要到魏惠王那兒去尋找發展的機會，在他臨行之際，我們曾經有過約定，他說等他安頓好，找到機會了，就會幫我引薦，所以不是我不想有所表現，而是我還在等龐涓的消息。」

一聽孫賓這麼說，墨翟十分驚訝道：「龐涓？他好像已經成為魏國的大將了啊！」

「真的嗎？」孫賓非常意外，但也馬上就意識到如果表現得太過意外會不會顯得不大禮貌，好像在質疑墨翟什麼似的，於是，頓了半晌，沒有多說什麼，只是有點像自說自話似的輕輕說了一句：「不會吧？我們明明約好的呀……」

看孫賓如此信任龐涓，墨翟也沒有再說下去，就淡淡的說：「這樣吧，我先去魏國看看再說，也許是我記錯了也不一定。」

不久，當墨翟從鬼谷下來以後，就直接去了魏國，稍稍一打聽，果然龐涓早就做了大將，還已立下不少的軍功。

墨翟決定當面去會會龐涓。一知道鼎鼎大名的墨翟求見，龐涓很是驚喜，馬上就接見了。

看到龐涓錦衣玉食，一副春風得意的模樣，墨翟的心裡已經大致有了譜。

「看來你過得很不錯啊！」墨翟說。

「哈哈，不瞞您說，我現在確實是深得大王的信任，正是一展鴻圖的大好機會！」

說著，龐涓就開始大肆吹噓起自己的本事來。看到龐涓如此狂妄的樣子，而且言談之中盡是標榜自己，對於那個還在鬼谷傻傻等他消息的孫賓隻字不提，至此墨翟十分肯定龐涓早就把那個與孫賓的約定拋到九霄雲外去了。

於是，墨翟從龐涓那裡出來以後，又直接去求見魏惠王。

魏惠王也是在很早以前就久聞墨翟的大名，只是始終沒有見面的機會，如今突然聽到墨翟來了，自然是喜出望外，立刻起身降階相迎。

入座不久，魏惠王馬上興匆匆的向墨翟請教兵法。墨翟用深入淺出的語言解釋了兵學上的種種要點，還解析了一些著名的戰役，魏惠王聽得大為佩服，頻頻點頭，並且熱切表示希望能夠將墨翟留任官職。

不料，墨翟立刻就推辭了。他說：「臣山野之性太重，實在不習慣穿正式的官服，更何況……」

墨翟話鋒一轉，很自然的就向魏惠王推薦了孫賓。

「其實，在兵學這個領域裡，臣並不是一個最優秀的人才，臣知道有一個孫賓，是孫武的孫子，那可真是大將之才，如果與他相比，臣實在是萬分也不及。」

「哦？」魏惠王的興趣來了，連忙問道：「那這個孫賓，先生知道他人在哪裡嗎？」

「他隱居在鬼谷，跟隨鬼谷子學習已經好些年了，臣來這裡之前才在鬼谷見過他，也與他談過話，他其實是一個很有抱負的人啊，也很希望有機會能夠為大王效勞，大王何不把他給召來？」

聽到墨翟這麼說，魏惠王相當意外，「鬼谷？鬼谷子？那他可認識龐涓？」

「當然認識，他們是同門師兄弟啊。」

「既然如此，依先生高見，在兵學方面他們兩個人誰學得更好些？」

墨翟毫不猶豫就直言道：「當然是孫賓！坦白說，孫賓與龐涓雖然一起在鬼谷子門下同學兵學，但是孫賓獨得他祖父的祕傳啊！」

「先生是說……？」

墨翟十分肯定的點點頭，「沒錯，就是孫武當年的精心傑作，《兵法》十三篇。」

「啊！寡人還以為已經失傳了！」

「是的，很多人都以為早就已經失傳了，實際上並沒有。孫賓原本就很努力向學，他的資質和稟性與他的祖父相比可以說毫不遜色，一直是鬼谷子的得意門生，他的將才，我敢說放眼當今天下無人能出其右，何況是一個龐涓！再說，據我所知，龐涓在離開鬼谷之前，鬼谷子還沒有把《兵法》十三篇傳授給他，但是後來卻毫無保留的傳給了孫賓，鬼谷子還告訴我，孫賓已經能夠充分掌握和運用其中的精義，簡直就像是孫武再世一般！」

「既然如此，那麼寡人一定要召他出山前來為寡人效力！」

等到墨翟一走，魏惠王立刻就把龐涓叫來，責怪道：「寡人聽說卿有一個同門師兄，名叫孫賓，是孫武的孫子，獨得孫武祕傳的《兵法》十三篇，其才天下無敵。將軍明知道有這麼一個大才，為什麼不趕快為寡人把他給召來？」

龐涓聽了，先是為之一愣，然後很不服氣的急忙回應道：「孫賓怎麼可能習得《兵法》十三篇？就算他是孫武的孫子，但是《兵法》早就失傳了啊，先生從來沒有教過我們的……」

說到這裡，龐涓猛然意識到似乎有些不妥，便趕緊住了口。

果然，魏惠王冷冷的說：「哼，你是沒學過，可是在你下山以後，你的老師統統都教給孫賓了！」

「啊，鬼谷先生為什麼會這樣？為什麼還故意留了一手？這實在是說不通，沒道理啊！」

「那就要去問你的老師了！寡人現在是問你，為什麼明明知道有這樣的人才卻不為寡人引薦，萬一他被別的國家網羅，那不是會成為我們的心腹大患嗎？」

昔日因為錯過商鞅，造成莫大損失的憾事，又從魏惠王的腦海中浮現。

看到魏惠王惱怒的神情，再想到魏惠王怎麼會突然問起孫賓，龐涓很快就有了答案：一定是那個討厭的鄉野村夫似的墨翟在多嘴！

儘管心中非常不快，而且對於孫賓習得《兵法》十三篇的事也半信半疑，不過，龐涓還是得趕快把自己的情緒藏起來，迅速思考該如何面對魏惠王的質疑。萬一因為這件事而讓魏惠王對他的信任開始打了折扣，那可真是最大的災難，他一定要極力避免！

突然，龐涓腦筋一轉，想到一個絕佳的藉口。

「啟稟大王，」龐涓用非常懇切的態度鄭重解釋道：「臣確實是和孫賓在一起同學兵學，多年來朝夕相處，對彼此的性格和想法都非常了解，也就是因為這個緣故，所以，基於大王至高無上的利益，臣才沒有向大王引薦孫賓。」

「哦，這是為什麼？」

「因為，孫賓是齊國人啊，他的宗族至親都在齊國，而以臣對孫賓的了解，他是一個極為重感情的人。因此，臣才會擔心就算讓孫賓在魏國任職，只怕他的心還會處處惦記著齊國，那怎麼可能誓死為我們魏國效忠呢？一旦碰到有什麼利益衝突，只怕他會先考慮齊國，其次才是魏國啊！」

龐涓自認這番說詞非常有說服力，然而，魏惠王聽了卻不買帳，不以為然的說：「不會吧！有道是『士為知己者死』，只要寡人拿出誠心，加以重用，他應該會念茲在茲萬分感念的，何況，他的祖父不是也在吳國受到重用，為吳國建立了許多大功嗎？」

這麼一來，龐涓就不敢再繼續辯駁了。儘管有一千萬個不甘心、不願意，也只得恭恭敬敬的順水推舟道：「大王說得是，還是大王英明，臣確實是太多慮了。那臣現在就回去修書一封，讓大王即刻召孫賓出山。」

8 良材紛紛求功名

「涓托兄之庇，一見魏王，即蒙重用。臨岐援引之言，銘心不忘。今特薦於魏王，求即驅馳赴召，共圖功業……」

龐涓很不情願的寫下一封假情假義的信，大意是說，托哥哥你的福，我一見到魏王，立刻就受到重用。當我們分手的時候，曾經約好等我一旦安頓好了就會向魏王推薦你，這番約定我始終牢牢的放在心上。現在我已經向魏王推薦哥哥了，請你趕快隨著使者過來，我們一起效命於魏王，為大王出謀劃策，建立一番功業。

不用說，當孫賓看完這封信，心裡自然是十分高興。

使者恭恭敬敬的問孫賓：「先生，可以走了嗎？」

「請等一下。」說著，孫賓就把這封信拿去給鬼谷先生看。

站在尊重老師的立場，孫賓覺得自己當然還是要徵詢一下老師的意見，不能就這麼迫不及待的走。

鬼谷先生看罷，得知學生已經受到重用，也很為他高興，但是看龐涓通篇居然沒有一個字是問候老師的，鬼谷子當下就知道這個龐涓果真是一個刻薄忘本之人。

鬼谷先生不想與龐涓計較，但是一想到龐涓生性驕傲又善妒，孫賓此去，龐涓怎麼可能容得下他？畢竟「一山不容二虎」啊！

可是，鬼谷子看孫賓一副喜形於色的樣子，知道這封信是他久盼多時的，自己怎麼可能阻止他前去？再說，魏王派來的使者此刻也非常鄭重其事的等在那兒，要求孫賓盡快收拾行李，隨他們回去。鬼谷子知道，想要留住孫賓是不可能的，再加上「去者不追」本來就是他對待學生一貫的態度，如今孫賓顯然去意甚堅，他又能說什麼呢？

於是，就像幾個月前龐涓臨走前那樣，鬼谷子也要孫賓去隨意找一朵山花來，說要為他此行占卜吉凶。

孫賓知道老師是關心自己，當然要接受老師的好意，不過因為不想讓使者久等，眼神一轉，看到老師書桌上那個做工精緻、表面還鍍了一層金的花瓶，瓶中正好有一枝黃菊，想到正值九月，滿山遍野都是菊花，菊花可不就是現在這個季節最普遍的山花嗎？這麼一想，孫賓就上前把那個花瓶裡的菊花拿出來，恭恭敬敬的交給老師，請老師為自己占卜吉凶。

鬼谷子接過這枝菊花，看了一看，隨手擱在桌上。孫賓見狀，又立即把菊花插回瓶子裡。

鬼谷子意味深長的看著孫賓，然後慢慢開口道：「菊花性耐歲寒，經霜不壞，但是這枝菊花是從山野被攀折下來供在瓶中，這表示未來你就算會受到某些傷害，但不會是『大凶』之兆。

這枝菊花似乎還滿喜歡被養在瓶中，你看我們養了幾天，它看起來還是滿好的，這預示著你此去會為人敬重，同時這個花瓶相當名貴，是鐘鼎之屬，也預示著你就算一時未能得意，但假以時日必將有一番功業。最後，你把它又放回到瓶中，預示著你的功名終將建立在故土。這樣吧，我把你的名字改一個字，可圖進取，對你會有好處的。」

於是，就將孫賓的「賓」字加上一個「月」，變成了「臏（ㄅㄧˋㄣ）」。

鬼谷子說：「以後你就叫作『孫臏』吧。」

孫賓的心裡很疑惑，因為「臏」並不是一個好的字啊，幾乎立刻就會讓人聯想到「臏刑」，又稱為「刖（ㄩㄝˋ）刑」，這是從夏商就開始出現的一種酷刑，把犯人的兩個膝蓋骨統統挖掉，也就是說，只要是遭受這種刑罰的人，從此就成了廢人，再也站不起來。

不過，儘管疑惑，孫賓出於對老師的敬愛以及信任，並沒有多說，只是爽快的答應下來，承諾從此自己就叫作「孫臏」。

在孫臏臨走之前，鬼谷子又送給他一個小小的錦囊，叮囑道：「這個錦囊，從現在開始你就隨身攜帶，無論如何都不要拿下來，也不要看，只有當你覺得碰到最危急的時刻，記住，就是當你感到會傷及性命的關鍵時刻，再打開來看，裡頭有我的指示，一定可以救你一命。」

孫臏充滿感激的把錦囊接過來，再三向鬼谷子叩拜道：「謝謝恩師！」然後就登上車，隨著魏王的使者下山。

這一切，讓站在鬼谷子身邊的蘇秦和張儀看了都羨慕不已。打從魏王的使者坐著華麗的馬車，還帶著黃金白銀突然出現在這荒山野嶺，說是魏王召孫臏下山，就已經讓蘇秦和張儀羨慕死了，如今再看到孫臏如此風風光光的離去，兩個人再也按捺不住，於是一起來到鬼谷子的面前，要求下山，說也要去求取功名。

鬼谷子看著他們倆，頗為感嘆道：「哎，擁有天下最難得聰明之資的就屬你們兩個了，如果你們肯揚棄世俗，專心學道，將有成仙的一天，何苦一定要庸庸碌碌的追逐這些人世間的浮名虛利呢？」

不用說，對於鬼谷子這番「終可成仙」的讚美，蘇秦和張儀一點也看不上眼，他們誰也不想成仙，他們要的是事業！

兩人齊聲說道：「有道是『良材不終朽於岩下，良劍不終祕於匣中』，日月如梭，光陰似箭，我們在這裡追隨老師學習，接受老師的教導，也有好些年了，現在是我們去建立功業，名揚後世的時候了！」

鬼谷子沉默了一會兒，「在你們兩人之中，肯留下一人與我作伴嗎？」

蘇秦和張儀你看看我，我看看你，誰也不肯留下來，兩人都堅持要下山。

鬼谷子嘆了一口氣，無奈道：「也罷，看來想要得一仙才真是太難太難了。」

說罷，便主動為兩人各卜了一卦，然後說：「你們此去，秦先吉後凶，儀先凶後吉。我看臏、涓二子，日後勢必是水火不容，恐怕不免將會互相殘殺，希望你們兩個不管將來的際遇如何，對彼此都要多一點包容和禮讓，千萬不要傷害了同學之情！」

「先生的教誨，學生都記住了。」蘇秦和張儀都表示誠心接受。

鬼谷子又拿出兩本書，說要送給兩人。蘇秦和張儀接過來一看，原來是太公的《陰符篇》。

兩人都感到很詫異，紛紛說：「這本書，弟子早就已經能夠倒背如流了，先生怎麼還會送我們這本書呢？是不是有什麼深意？」

鬼谷子說：「沒錯，這本書你們的確是已經讀得滾瓜爛熟了，但未必就真能真正的掌握其中的精義。你們此去，如果有什麼不如意，不妨拿出這本書靜心研讀，一定會有幫助的。」

不久，在蘇秦和張儀下山之後，過了沒幾天，鬼谷子也離開了鬼谷，不知所蹤。後來，有的人說鬼谷子成仙去了，也有的說他逍遙海外了。

9

虛情假意的老同學

使者把孫臏接到魏國以後，直接先把孫臏送到龐府。孫臏見到龐涓，對於龐涓的舉薦千恩萬謝，他哪裡想得到龐涓之所以會寫那封信叫他來，根本是迫不得已啊。而龐涓呢，對於孫臏如此真誠的感謝，則是面露得意之色，就這麼毫不客氣的接受了下來。

孫臏談到臨行前老師為自己改名之事，龐涓驚訝道：「這個『臏』又不是什麼好的字，先生為什麼要你改？你又為什麼要聽啊？」

孫臏說：「先生之命，不敢違背啊。」

厚道的孫臏，完全是像從前那樣對龐涓推心置腹。

第二天，龐涓領著孫臏一同入朝，謁見惠王，惠王就像上次對待墨翟那樣的降階迎接，對孫臏表現出極大的禮遇。

孫臏頗受感動，十分誠懇的說：「臣乃是村野匹夫，蒙大王如此看重，實在是不勝慚愧！」

「快別這麼說，」惠王神情愉悅道：「自從聽到墨子盛讚先生，並且告訴寡人先生獨得孫武祕傳，寡人就天天都在盼望著先生前來，就像口渴的時候盼望能夠趕快解渴一樣，現在先生真的來了，寡人實在是太高興了！」

看惠王那麼高興的樣子，一旁的龐涓心裡不免一陣發酸，聽到所謂「獨得孫武祕傳」這句話，更是有些氣憤。

「看來這個事好像是真的了，這實在是太可恨了……」龐涓忿忿不平的想著。

龐涓正在生悶氣，猛然聽到惠王叫著自己，趕緊應了一聲，以恭謹的神色等待惠王的吩咐。

原來是惠王要徵求龐涓的意見。惠王說：「寡人打算封孫先生為副軍師，與卿同掌兵權，卿意如何？」

這個提議原本就在龐涓的意料之中，因此，他老早就準備好該如何應對了。「啟稟大王，」龐涓說：「臣與孫臏，同窗結義，又以兄弟相稱，臏乃臣之兄也，怎麼可以屈居於副？但是，如果現在就提拔兄長，只怕會引起眾人不服，因此，依臣所見，不如先拜兄長為客卿，等日後兄長建立了軍功，臣立即讓爵，甘居其下。」

意思就是說，等日後孫臏建立了軍功，樹立了權威以後，龐涓就會立刻把這個正軍師的官職讓出來給孫臏，而自己則甘願擔任孫臏的副軍師。

魏惠王覺得龐涓的顧慮和分析也有道理，於是准奏，立即拜孫臏為客卿。所謂「客卿」，雖然沒有實權（因為龐涓不願意孫臏來分享自己的權力啊），但是地位還是很尊崇的，因此，孫臏仍然十分感念龐涓的幫忙。

當天晚上，龐涓設宴款待孫臏，席間對於《兵法》十三篇不斷不著痕跡的旁敲側擊。不過，龐涓不願意承認自己確實沒學過，唯恐因此會長了孫臏的威風，於是硬扯道：「其實從前先生也教過我，只是我當時不用心，所以現在都忘了。」

「老師給你看的也是經過他親自注釋過的嗎？」

「不是……啊，對了，當時老師就是說要等他全部都做好注解之後再給我一份，只是後來我匆匆下山就忘了拿了，你那一份可不可以借我看一下？」

龐涓厚著臉皮想要把孫臏手上的《兵法》十三篇借來一讀，但萬萬沒有想到，孫臏竟然說他的手上也沒有！

孫臏說：「老師只讓我讀了三日就收回去了。」

「是嗎？」龐涓看看孫臏，覺得他不像是在說假話，於是又問道：「那你現在還記得嗎？」

「應該可以吧。」

龐涓真恨不得能夠立刻就叫孫臏統統背出來，但是，他知道這件事必須從長計議，急不得。

10 作弊大將軍

過了幾天，魏惠王有意試試孫臏的學問，就下令要親自在教場閱兵，並且特別要求龐涓和孫臏都要各演陣法。

當惠王還沒有駕到，兩人在模擬陣法的時候，龐涓每布一陣，孫臏不但都知道這些陣法，甚至還能立刻說出可以用某一陣法來攻破。這真是讓龐涓感到壓力沉重。更糟糕的是，當孫臏命士兵排出一種陣法的時候，龐涓居然一點也看不出來這究竟是哪一種陣法。

龐涓急了，開口就問：「這叫作什麼陣法？」

對龐涓毫無戒心的孫臏大方回答道：「這叫作『顛倒八門陣』。」

「隊形還會變化嗎？」

「還可以變成『長蛇陣』。」

龐涓趕緊牢牢記住。稍後，當輪到孫臏布陣的時候，士兵們才剛剛開始走動，龐涓就馬上故做不經意似的告訴惠王：「哦，他現在要布的是『顛倒八門陣』，這種陣法很靈活，一會兒還可以變成『長蛇』。」

後來，惠王一問孫臏，得到的答案果然和龐涓說的一模一樣，惠王很高興，當下感到就算孫臏掌握了兵學祕笈，但是龐涓與之相比也毫不遜色。

但是，龐涓當天回到府中，卻是心情惡劣到了極點。

「今天真是好險，總算是暫時掩飾過去了，不過，照今天的情況看來，他的才幹確實在我之上，還學到了一些我沒有學到的兵法。真可惡！如果我不想辦法把他除掉，將來一定會被他欺壓……」龐涓恨恨的想著，一直想到大半夜還輾轉反側，怎麼也睡不著。

11 真心換來絕情

孫臏渾然不知道自己是龐涓的「眼中釘」、「肉中刺」，對龐涓十分信任，深信自己今天能夠在惠王面前受到如此禮遇，並且生活舒適，這一切都是龐涓帶給他的，至於在工作方面，雖然「客卿」還沒有實權，但是這個身分也只是暫時的，等到自己立下軍功以後，不是就可以更上一層樓了嗎？想到龐涓說日後願意讓爵，屈居自己的副軍師，孫臏就覺得龐涓實在很夠義氣，心胸真是寬大得沒話講。

為了能夠盡快立功，報答惠王的知遇之恩，孫臏用心研究魏國的地理位置以及與周邊鄰國的關係，希望能夠為惠王擬訂一套有系統、有遠見的發展戰略。

除了積極投入工作，經常把研究心得與龐涓討論之外，在生活上孫臏自然也是與龐涓的來往最為密切。孫臏就像從前在鬼谷的時候一樣，對龐涓無話不談，從沒想到要加以提防。

有一次，龐涓假意詢問孫臏：「你的宗族雖然都在齊國，可是你現在已經在魏國立足，仕途順遂，為什麼不把他們接來，同享富貴？」

這一問，勾起了孫臏心中深深的惆悵，因為，他四歲喪母，九歲喪父，是在叔父家長大的，叔父曾經入朝為官，後來因為遭到政治迫害，整個家族都受到了株連，死的死、逃的逃，就這樣在倉皇之中離散了。孫臏雖然存活了下來，但是日子過得非常艱苦，後來在他十八歲那年，聽到有人說起鬼谷子的學問很高，產生了孺慕之心，於是便隻身前往鬼谷。這麼多年下來，孫臏何曾不會惦記家鄉、惦記著當年倖存親人的下落？可是，除了默默的惦記，他又能怎麼樣呢？何況他現在已經為魏國效命，基於國家之間的利益衝突，孫臏覺得自己好像也不宜再積極去打聽故鄉的親人。

孫臏忍不住把心中的苦楚真誠的向龐涓坦露。龐涓果然十分善解人意的再三安慰，讓孫臏感到相當安慰。

孫臏還說：「還記得我要下山之前，先生曾經告訴過我『功名終在故土』，但是如今我既然已經做了魏臣，這個話自然是不需要再提起了……」

「也是，兄長之言真的很對，大丈夫隨地都可立功，何必拘泥於非要在故鄉？」

兩人這番交心，孫臏過後就忘了，他怎麼也沒有想到，龐涓竟然會牢牢的記在心上，並且因此設計了一條毒計。

12

龐涓狠心設毒計

轉眼半年的時間就這樣過去了。

這天，龐涓來到孫府，閒談間關心的問道：「兄長今天看起來好像有一點心事啊，發生了什麼事？」

「哦，是有一點事……」

「什麼事？不妨說來聽聽，或許愚弟可以為兄長出一點主意，分憂解勞。」

孫臏很感動，馬上和盤托出。原來，今天他竟然意外的收到了家書！

事情是這樣的。這天，家僕報告，有一個操著山東口音，自稱是來自山東臨淄（ㄗ）的商人，名叫丁乙，在大街上到處打聽孫客卿的住處，說是孫客卿的家人託他帶了一封家書前來尋找孫客卿。孫臏聽了，急忙叫家僕把丁乙帶過來。

稍後，丁乙來了，開口便詢問孫臏之前是不是都在鬼谷學習。

「沒錯，我是半年前才下山的。」

「那就對啦，那這封信一定就是給大人的，因為之前我去過鬼谷，沒找到大人，好不容易才又打聽到您好像在這裡發達。」

說著，丁乙就從懷裡非常慎重的把一個木簡拿出來。孫臏接過一看，赫然發現原來是從小失散的表兄所寫來的！

表兄說，這麼多年以來，他一直在異鄉流浪，直到最近才被齊王召回，同時齊王也問起孫臏，有意召孫臏回國，於是，表兄在信中除了表示思念之情以外，更多的還是不斷的遊說孫臏盡快回國，好一起共創事業。

孫臏原本就是一個很重感情的人，看完這封信，感受到了來自親情的召喚，不覺情緒激動，甚至情不自禁的流下了熱淚。

如果他現在還在鬼谷，大概會毫不思索的就立刻回國了，可是……，現在自己畢竟已經在魏國待著了，何況，受到惠王那樣的禮遇，都還沒來得及報答，如果現在就走，實在是說不過去。

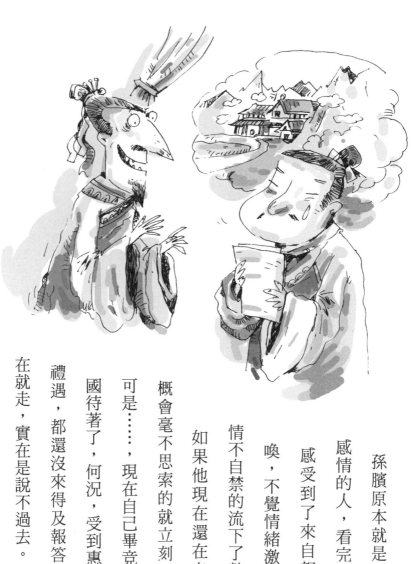

主意打定，孫臏便請丁乙稍坐片刻，然後帶著有些沉重的心情，寫了一封態度懇切的回信給表兄，表示自己眼下實在不便回國，想在魏國做出一點成績，對惠王有所交代以後再想辦法回去，與親人團聚，請表兄諒解，給自己一點時間。

接著，孫臏還拿了不少路費給丁乙，託他幫忙把回信帶回去。

聽了孫臏的解釋，龐涓說：「原來如此，家書本來就是比千金還要貴重，難怪兄長會有些感傷。」

「是啊。」孫臏輕輕的嘆了一口氣。

龐涓想了一想，「不過，我覺得兄長離家這麼久，就算是有強烈的思鄉之情也是人之常情……這樣吧，兄長何不向大王要求，請大王暫給一、二月假期，讓兄長返鄉掃墓，一解思鄉情切，然後再回來？」

其實，這樣的念頭孫臏不是沒有，只不過有所顧慮。

「你覺得這樣好嗎？大王會不會誤會啊，能夠准假嗎？」

「大王是一個非常明理的人，我想應該不會誤會，應該會准假的。要不兄長就先進上一份表章試試看，向大王請假，與此同時弟弟我也會在大王面前為兄長說說好話的。」

「好的，那就拜託你了！」孫臏十分動情的說：「我真不知道該怎麼感謝你才好！」

「什麼話，」龐涓豪氣的說：「你我之間還需要講這些嗎？」

13

苦受臏刑的孫臏

孫臏接受了龐涓的建議，寫好一份措辭十分誠懇的表章，託龐涓面呈惠王，表示自己因為少小離家，已多年沒有親人的消息，日前突然收到來自故鄉親人的來信，思鄉情切，懇請惠王准許他回家掃墓省親，至多待兩個月就會回來。

這份表章送出去之後，孫臏就滿懷期望的在家等候。

他滿心以為很快就會看到龐涓帶著好消息前來，萬萬沒有想到當天下午卻等來了一群殺氣騰騰的士兵！

為首的一個將領，帶隊衝進來之後，一看到孫臏，立即用手一指，然後對著左右大喝道：「給我綁起來！」

「慢著！」孫臏大叫：「你們幹什麼？我做錯了什麼！」

將領兇巴巴的說：「你私通敵國，大王下令我們來拿你，然後把你送到龐大人那裡，由龐大人來定罪！」

說完，不由分說，眾人就快步上前把孫臏綁了就走，動作非常俐落和迅速。

一來到龐府，龐涓一看到孫臏被五花大綁，儼然已經成了階下囚，大吃一驚，板著臉對士兵們痛罵道：「混帳！好大的膽子！不知道孫大人是誰嗎？怎敢如此無禮！還不快快鬆綁！」

然而，帶隊的將領說：「報告大人，這是大王下令的，說孫大人私通敵國，請大人論處！」

「什麼？」龐涓十分震驚，「這怎麼可能！」

「我沒有！我沒有啊！」孫臏愈來愈急了，眼巴巴的看著龐涓大呼道：「這個你很清楚啊！」

這個時候，孫臏已經意識到大概是那份想要告假回鄉的表章惹的禍，讓惠王誤會和惱怒，可是，他不明白，這個事龐涓不是說一定會代自己向惠王解釋清楚的嗎？

龐涓看起來也非常著急，對那將領要求道：「這中間一定是有什麼誤會！我現在就去向大王再次解釋和說明！你們先替孫大人鬆綁！」

「不行，」將領堅持道：「在沒有進一步消息之前，孫大人都還是有罪之身，不能鬆綁！」

「你！」龐涓瞪著將領，顯得氣急敗壞，但是，經過再三交涉，將領就是不肯讓步。

這時，孫臏也急了，就跟龐涓說：「算了算了，還是請你趕快幫我去向大王解釋一下吧！」

「哎，好吧。」龐涓無奈道：「那就委屈兄臺了，小弟我現在就去！」

然後，龐涓就急匆匆的出門了，留下孫臏，以及負責看守的眾多士兵。

過了好久好久，孫臏整個身子因為被綁的時間太久，都快沒什麼知覺的時候，龐涓終於回來了。一看到龐涓垂頭喪氣的樣子，孫臏立刻就有一種大事不妙的感覺。

「怎麼樣了？」孫臏急著問道：「大王怎麼說？」

「唉！」龐涓重重的嘆了一口氣，緩緩說道：「大王說前幾天就查獲了一封你私通齊使的書信，今天你又告歸，顯然確實是有背棄魏國之心，堅持要把你處死……」

「什麼！什麼齊使？什麼書信？……難道大王指的是我那封家書？這怎麼可能呢！」

「可是，」龐涓用一種不陰不陽的表情看著孫臏，淡淡的說：「大王都已經把那封信給我看了，我實在是啞口無言，不知道該如何解釋啊！」

這下孫臏是真的急了，對著龐涓就大聲嚷嚷道：「該不會連你也開始懷疑我了吧！哪有這種事啊！帶我去見大王！我親自跟大王解釋！我要看看那封信！」

「兄長啊，大王此刻正在氣頭上，認為你辜負了他的委任和信任，氣得不得了，我怎麼能夠在這個時候讓你去見大王呢？事已至此，小弟勸你還是認了吧！

幸好大王還算仁慈，在我再三說情之後，總算勉強同意免了你的死罪，但是……活罪自是免不了了……」

是什麼樣的活罪呢？那就是孫臏必須接受「黥面」和「刖刑」！

孫臏猛然想起在離開鬼谷之前，老師曾經告訴過他在不久的未來「會受到某些傷害」，再想想怪不得老師會把他名字中的「賓」改成了「臏」，原來，這一切都是老師早就料到的啊！

有道是「是福不是禍，是禍躲不過」，既然這是命中注定，注定自己必須遭此一劫……孫臏沉默了，心想，唉！龐涓說得一點也沒錯啊，事已至此，如今想要再去跟大王解釋，甚至想要大王收回成命，只怕是不可能了。那麼，也只能退而求其次，先保住性命再說。

龐涓上前，非常難過的對孫臏說：「兄長啊，你可不要怪我啊，畢竟『私通敵國』在這裡可是重罪啊！」

事實上，「私通敵國」在任何國家都是不可饒恕的重罪。

「我知道，你已經盡力了。」孫臏平靜的說。

「原諒我不能保護你……」

「不，你至少幫我保住了首級，這番恩情我會謹記在心，永誌不忘！」

就這樣，刀斧手走上前，硬生生的剔去了孫臏的兩個膝蓋骨。孫臏痛不欲生，慘叫一聲之後就昏厥在地。過了半晌，等他甦醒過來，又被行刑者以針刺面，刺上「私通外國」四個大字，然後再塗上了墨。

昨天還意氣風發的孫客卿，今日就這樣成了一個悲慘的廢人。孫臏無論身心都承受了莫大的痛苦，不由得感嘆，命運的轉變，有時真是快得令人猝不及防啊！

14 老僕發現主人的真面目

龐涓讓孫臏從此住在自己家裡，不僅吩咐家僕對孫臏的飲食起居細心照料，自己每天下得朝來也一定會到孫臏的房間來坐坐，陪孫臏說說話，盡量驅散孫臏低落的情緒，並且再三安慰他，等過一段時間惠王的氣消了，自己一定會再去向惠王解釋和求情，應該還是很有機會讓孫臏獲得平反。

孫臏就這樣懷抱著一線希望，咬著牙，默默承受著這難以忍受的磨難。只是每當摸著臉上的傷疤，想到自己臉上「私通外國」那四個字，再想到自己對惠王一片誠心如今卻換來這樣的屈辱，就不由得悲從中來。

過了一兩個月，在龐府上上下下的悉心照顧之下，孫臏兩腳的傷終於養好了。然而，沒有了膝蓋骨，孫臏從此只能或坐或臥，再也站不了了。

龐涓對待孫臏的態度還是一如既往，總是安慰，總是鼓勵，有時還會自責，說都怪自己要孫臏下山，才會讓孫臏遭此大難。龐涓如此充滿感情的表現，可以說是飽嘗痛苦的孫臏唯一的安慰。孫臏每回只要一想到龐涓對自己的好，再想到如果自己始終無法平反，很可能後半生就都得像現在這樣靠孫臏照顧，心中就湧起對龐涓更深的感激。

孫臏經常想著，龐涓對自己這麼好，自己能為龐涓做一點什麼，才能稍稍報答呢？

他真的很希望自己能夠對龐涓有一點貢獻，但是，自己現在這個樣子，還能做什麼呢？

有一天，龐涓客客氣氣的對孫臏說：「兄長應該還記得《兵法》十三篇的內容吧？可不可以給弟弟一份呢？」

「當然可以！」孫臏幾乎是想都沒想就一口答應下來，因為他早就想要回報龐涓了。

不過，那個時候要寫書可不是一件容易的事，因為，當時還沒有紙（紙是東漢的時候由蔡倫發明的，距戰國時代還有好幾百年！），所以，孫臏想要把熟記的《兵法》十三篇背下來，「寫」出一本書，在當時他只能夠在竹片或是木片上慢慢的用刀刻字，然後再用漆來塗字。

見孫臏這麼爽快的答應，龐涓非常高興，連連喜形於色道：「太好了，太好了！」

龐涓還特別交代一個老僕，今後對孫臏的生活起居要照顧得更加精心，協助孫臏盡快完成這項工作。

打從孫臏遭受酷刑，並且在龐府住下來以後，這個老僕就是最常照顧他的人。經過這幾個月來的朝夕相處，老僕對孫臏自然是有所了解。在老僕看來，孫臏實在是宅心仁厚。舉一個例子，孫臏在受到這樣的重罰之後，儘管深感冤屈，卻沒有怨恨，老僕從未聽孫臏口出惡言過，只聽到孫臏自我檢討，懊悔自己做事太過莽撞，考慮不周，才會因此惹禍上身。

出於對孫臏的敬重，老僕對孫臏的遭遇也深感同情，他相信孫臏一定是受了冤枉，只是，臣子就算是受了冤枉，也不可能去找國君說理呀。

這天，老僕被龐涓叫去。老僕原本還以為龐大人一定是關心孫臏，想問問孫臏的情況，畢竟，任何身心受到那樣重創的人，都需要很長的時間才能慢慢恢復的。老僕心想，龐大人大概是覺得不便當面詢問孫臏，才會想到把自己悄悄的叫

過來了解一下吧。

沒想到，龐涓開口便問：「他寫了多少？」看龐涓那麼一副冷冰冰的樣子，老僕頗感意外。

「呃，不多。」

「不多？」龐涓的音量頓時抬高不少，一臉的不耐，「他一天到底能寫多少？」

「大概兩三策。」（按今天的概念來理解，就是兩三行的意思。）

「什麼？這麼少！」龐涓勃然大怒，「每天只有這麼一點點，那要到什麼時候才寫得完！你要幫我催催呀！不要整天只是傻愣愣的呆呆站在旁邊！」

「可是，」老僕小心翼翼的說：「孫將軍的兩個腳不方便，每天大半時間都只能躺著，坐不久，每天兩三策已經不錯了……」

老僕的話還沒有說完，龐涓就猛一拍桌，瞪著眼怒喝道：「放肆！叫你催你就催，聽到沒有！哪來這麼多的廢話！他是腳斷了又不是手斷了，怎麼會這麼慢！」

老僕愣住了，簡直不敢相信自己的耳朵，這真的是龐大人說的話？龐大人怎麼會這麼說呢？自從孫先生受傷以後，龐大人每天都會來孫先生的房間探望，噓寒問暖，關懷之情總是那麼自然而然的溢於言表，怎麼會……

但是，老僕自然也不敢多問，只得應承道：「是，小的知道了。」

老僕正要退下，忽然又被龐涓叫住。

龐涓似乎也感到剛才自己有些失態，這會兒已經很快恢復了平靜，冷冷的吩咐道：「你在催的時候要技巧一點，還有，千萬不可以說是我要你催的，聽到沒有？如果你亂講話的話，小心我取你的狗命！」

「是，知道了。」

從龐涓那裡出來之後，老僕在迴廊上剛巧碰到一個龐涓的近侍小張。小張是老僕的一個遠親，去年還是他帶進龐府的，後來深受龐涓的喜愛，就被安排在龐涓的身邊，是龐府裡幾個專門負責伺候龐涓的僕人之一。小張在這兒的日子比從前還在老家的時候好太多了，所以對老僕一直心懷感念，對老僕也一直十分客氣，總是喚他「忠叔」。

「怎麼啦，忠叔，你怎麼有點失魂落魄的樣子？」小張問道。

「我實在是想不通……」

老僕就把剛才的事情說給小張聽。

小張聽了，趕緊把老僕拉到僻靜的角落，神祕兮兮的低聲說道：「忠叔，我好意給你一個提醒，你千萬不要多管閒事。我就跟你老實說了吧，軍師早就非常忌恨孫先生了，等孫先生把兵書一寫好，軍師就會立刻殺了他！」

老僕大驚道：「啊！這是真的嗎？」

「當然是真的，可是，這不關我們的事，要怨也只能怨孫先生自己命不好，要不就怨他實在是太沒有防心了……」

小張在稍稍停頓之後，又說了一句：「其實，孫先生會遭此劫難，都是軍師一手陷害的。」

「啊？真的嗎？唉，孫先生好可憐……」

「忠叔，我跟你說的可是最高機密，你可千萬不能洩漏出去啊！記住，千萬不要多嘴，多嘴可是要倒楣的！反正軍師怎麼交代，你就怎麼做就是了。」小張再三叮囑之後，就匆匆離開了。

可是，這個老僕是一個性格耿直的人，在得知真相之後，對孫臏感到更加同情，同時，也很為孫臏打抱不平，於是，他沒有考慮太久，還是做了一個選擇，那就是——一定要把真相告訴孫臏！

15 偽造書信騙惠王

孫臏確實是被他全心全意所信任的龐涓所陷害的。

龐涓是怎麼陷害他的呢？

原來，孫臏的表兄根本就沒有寫過什麼家書，更沒有託人來找過孫臏，這個世上也根本就沒有「丁乙」這個人；那個自稱是受孫臏表兄之託特別前來尋找孫臏的丁乙，其實是龐涓的一個心腹所假扮的，名叫徐甲。

龐涓知道自己深獲孫臏的信任，很清楚孫臏對自己毫無戒心，無話不談，因此，他在了解孫臏和其家族幾乎早就斷了音訊，但是對故土仍然十分眷戀的情況下，很快就找到一個可以狠狠對付孫臏的機會。

那個所謂來自家鄉的家書，實際上是龐涓命手下所偽造的。反正孫臏和其表兄在少年時期就離散了，不可能還認得出表兄的筆跡。而在丁乙騙到孫臏的回信並且交給龐涓之後，龐涓仔細看完，冷笑幾聲，然後就模仿孫臏的筆跡，在孫臏那個充滿感情的書信結尾處，又私自加上了幾句：

弟今身仕魏國，但故土難忘，心殊懸切，不日當圖歸計，以盡手足之歡。倘或齊王不棄微長，自當盡力報效。

意思就是說，「弟弟我現在正在魏國任職，不過我還是忘不了家鄉，很想回家鄉發展，我很快就會找機會回鄉。兄長如果方便的話不妨也幫我問問齊王的意思，如果齊王不嫌棄，我一定會盡力報效。」
龐涓拿著這個偽造信祕密求見惠王。惠王看了之後，為之一愣。
「這信是怎麼來的？」
龐涓神情凝重，「啟稟大王，坦白說，微臣早就察覺孫臏一心戀齊，可是總以為大王對他這麼好，他應該會心懷感念，不至於這麼忘恩負義才對，所以一直也沒有太過在意。數日之前，微臣接獲密報，說孫臏私通齊使，微臣半信半疑，立刻派人在郊外把那個齊使攔截下來，沒想到在齊使的身上居然搜到這個回信。」
惠王盯著書信上落款的「孫臏」兩個字，很不高興的說：「孫臏為什麼會這麼的心懸故土？難道是寡人對他不夠好？不夠重用？」
「那倒不是，」龐涓說：「孫臏的祖父孫武，不是本來也做過吳王大將，

但後來不是也回到齊國去發展了嗎？依臣所見，對於家鄉故土，沒有人可以忘情，大王雖然重用孫臏，但是孫臏一心戀齊，這恐怕也是人之常情。」

「哎，說得也是……那現在怎麼辦？」

龐涓說：「現在孫臏既然心都已經飛到齊國去了，以後勢必不可能再全心為我們魏國效命，但是，孫臏的才能不亞於微臣，一旦他真的回國，並且如果也真的改去為齊王效命，那一定會對我們魏國不利。在這種情況下……」

龐涓特別假意停頓了一下，故做痛心狀，然後一字一句的說：「依微臣所見，我們恐怕只能忍痛把他殺了。」

「什麼？把他殺了？」

「微臣做出這樣的建議是很艱難的啊，實在是逼不得已啊，畢竟，微臣與孫臏可以說是情同手足，然而，在個人情感與大王利益有所衝突的時候，我必須狠下心來把個人情感先放在一邊，因為我必須先對大王以及魏國效忠，這麼一來，兄弟情誼當然就顧不上了。」

「可是，」惠王顧慮道：「孫臏是應寡人之召而來，如今罪狀還不是很清楚，如果我貿然就把他殺掉，只怕會被天下人所恥笑，同時還會阻斷以後其他人才前來投靠寡人的路，以後誰還敢來啊？」

龐涓見惠王的分析也是入情入理，不好再堅持，便馬上見風轉舵道：「對，還是大王考慮問題比較周到，也比較全面，大王的顧慮實在是太有道理了！這樣吧，那就讓微臣再去試探試探，看看孫臏有沒有返回齊國的意思，微臣甚至還可以告訴他，如果他肯留下來，大王一定會重加官爵，但是如果他不肯留，那就請大王把孫臏發到微臣這裡，讓微臣來論處！」

惠王想想，覺得這樣的處置比較好，就同意了。

然而，等到第二天，惠王竟然看到孫臏想要請假回鄉掃墓省親的表章，這下子惠王可真的是氣壞了！

「啊！這個忘恩負義的東西！」惠王大怒道：「原來他還真的想要溜回齊國去啊！那麼，他私通齊使的事一定也不會只是空穴來風了！可惡，真可惡！」

盛怒之下，惠王果真立刻就把孫臏發給龐涓來治罪了。

16 瘋瘋癲癲的孫客卿

聽完老僕好心的講述，孫臏整個人都呆掉了。

「大人，您沒事吧？」

「這……呃……」

孫臏的嘴巴遲緩的一張一合，顯然是因為太過震驚，而一時吐不出什麼有意義的話語。他死死的看著老僕，但是老僕又覺得孫臏的眼神空洞，感覺上好像並不是真的在看著自己。

「大人，我去為您沏一杯熱茶吧，喝了暖暖身子。」

稍後，當老僕送熱茶過來，見孫臏仍然呆呆的坐在那裡。這時，正是晚上用餐時間，老僕心想，孫將軍一定是打擊太大，需要安靜一下，便自行告退去了廚房。不久，老僕送晚餐進來，看到孫臏還是像一個木人似的，動也不動，臉上也看不出有什麼表情，不免開始感到有些不安。

「大人，吃飯了。」

老僕輕輕的喚了幾聲，看孫臏不動，就伸手來扶。孫臏好像也沒什麼意見，就這樣呆呆的被扶到餐桌前。

「大人，趁熱吃吧……」

突然，孫臏暴怒一聲：「為什麼要給我吃毒藥？」

緊接著，兩手用力一掃，就把桌上的飯菜統統一股腦兒的掃到地上！

老僕嚇了一大跳！此時的孫臏，眼露凶光，狠狠的瞪著老僕，嘴裡一個勁兒的大喊：「為什麼要給我吃毒藥？為什麼要給我吃毒藥？為什麼要給我吃毒藥？……」

老僕嚇得趕緊去向龐涓報告：「孫先生瘋了！」

「什麼！」龐涓馬上親自來看。

還沒走到孫臏的房間，龐涓就已經聽到孫臏在狂叫不已，等到快步走進房裡一看……龐涓驚得差一點沒昏倒！

只見孫臏正在把那些好不容易才寫好的木簡一片一片的往火裡丟！

「住手！你在幹什麼！」龐涓氣急敗壞，立刻用手一指，呼喚左右：「趕快搶救！」

龐涓要搶救的當然不是孫臏，而是那些木簡！

士兵們衝上前，有的拉住孫臏，有的去搶救木簡。但是，木簡本來就不多，孫臏這一燒，幾乎都燒沒了，而孫臏也不知道哪來的力氣，竟然掙脫了士兵，然後就地一倒，也不管地上還有那些剛剛被自己從桌上掃下來的飯菜，就這麼亂滾一氣，大哭大笑。

龐涓看木簡沒了，氣得大罵道：「飯桶！全是飯桶！」

看孫臏那麼又哭又笑，龐涓也很火，凶巴巴的衝著孫臏大吼：「你笑什麼啊！」

孫臏狂笑數聲，低著頭，嘟囔道：「我笑呀……嘻嘻，我笑魏王想要害我，可是他不知道我有十萬天兵馬上就要前來相助，他根本傷不了我呀！……」

說到這裡，孫臏忽然猛一抬頭，看著龐涓，就像看到救星一樣，拚命想要爬過來，一臉驚恐的大叫：「鬼谷先生，鬼谷先生！救我！救救我！」

士兵們紛紛衝過來，擋住了孫臏，不讓他靠近龐涓。其實，可憐的孫臏自從被削去了膝蓋骨以後就等於已經沒有了腳，也不可能那麼迅速的靠近龐涓。

龐涓冷笑一聲，「哼，兄長認錯人了！」

孫臏好像完全聽不懂，還在一直拚命大叫「鬼谷先生救命」，要不然就是滿嘴胡言亂語。

龐涓把伺候孫臏的老僕給叫過來，質問道：「你是怎麼照顧的？他是什麼時候變成這個樣子的？」

老僕戰戰兢兢的回答道：「小的也不知道啊，就是剛才要用餐的時候，孫先生就突然瘋了。」

儘管老僕猜測孫臏的發瘋恐怕是因為受到了巨大的刺激，但是，在龐涓面前，老僕當然什麼也不敢多說。

龐涓瞪著孫臏，生氣的抱怨道：「可惡的傢伙，什麼也不會，就會跟我作對！來人啊，把他丟到豬圈裡去！」

龐涓恨恨的想著：「我倒要看看你是真瘋還是假瘋！」

然後，龐涓小聲吩咐左右：「給我注意看著，看緊一點！」

接下來，一連幾天，從心腹徐甲回報的情況看來，龐涓漸漸相信孫臏似乎是真的瘋了。

徐甲說，豬圈那麼髒，孫臏卻毫不在意，倒地就臥，與豬同眠，還會搶豬食。如果送正常的飲食給孫臏，他反而堅決不吃，總是大怒道：「又要給我吃毒藥！」然後就一把推開，要不然就是統統都倒在地上。

有一次，一個士兵還做了一件非常惡劣的事，那就是居然把狗糞和泥巴放在盤子上，遞給孫臏，哄他說：「大人，這絕對不是毒藥，這是好東西，要不您就吃這個吧。」

結果，孫臏居然嘻嘻哈哈的說：「對，對！這是好東西，好東西！哈哈哈……」

然後，真的就歡天喜地的吃了！

聽到這個例子，龐涓不再擔心了，擺擺手說：「隨他去吧，不用管了。」

儘管功敗垂成，沒能讓孫臏把《兵法》十三篇背出來，很是遺憾，不過，龐涓想想，反正自己本來最忌憚的就是孫臏，現在既然孫臏瘋了，普天之下就再也沒有能夠威脅到自己的人，這樣也夠了，有沒有那本書也無所謂。

從此，孫臏就住在豬圈裡。他每天披頭散髮，早出晚歸，白天都在市井裡到處流浪，爬來爬去，有時候還能停下來好好坐著高談闊論幾句，有時候又無故倒在地上大聲悲號，大多數時候都是不言不語，像一個遊魂。很多老百姓知道他是孫客卿，都很同情他，經常好心給他食物，但孫臏幾乎都不肯吃。

龐涓命一個士兵看守豬圈，留意孫臏每天晚上有沒有回來。龐涓指示，如果入夜之後孫臏還沒有回來就要上街去找，把孫臏給揪回來，扔進豬圈。

總之，看守的士兵很明白，龐涓要能隨時掌握孫臏的行蹤。

龐涓確實是這麼想著。儘管實際上他也覺得孫臏已不足為慮。

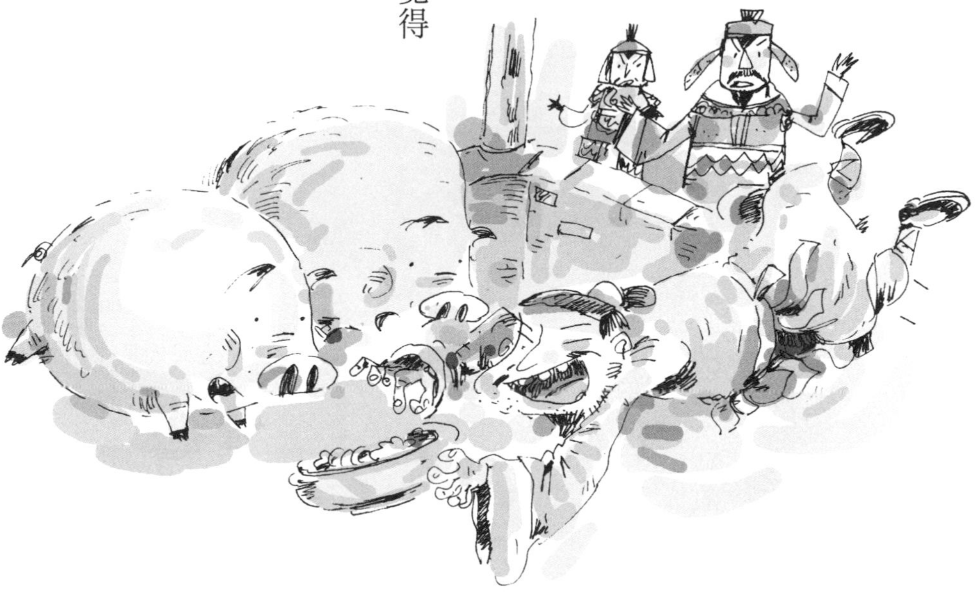

17

失蹤？還是落井？

日子就這樣一天一天的過去，一轉眼已過了好幾年。

終於到了有那麼一天，看守豬圈的士兵被撤走，因為，孫臏忽然失蹤了。

那天一大早，龐涓剛剛從長亭為齊使踐行回來，士兵就匆匆跑來報告，說遍

尋孫臏不著，只在一口井的旁邊發現了孫臏的一件髒衣服。

龐涓把看守的士兵叫過來，追問道：「他昨天晚上有回來嗎？」

「有的，入夜之後沒多久就回來了，夜裡小的起來小解的時候也還看到過他。」

龐涓的心腹徐甲趨前小聲說：「大人，可能是不小心掉到井裡去了。」

「哼，」龐涓立刻下令：「生要見人，死要見屍，給我下去撈！」

然而，下井打撈之後，什麼也沒找到。龐涓不放心，又派士兵挨家挨戶的去搜，但結果也是一無所獲。

龐涓雖然隱隱的感覺到這件事透著奇怪，好像有點兒太巧了，因為這幾天從齊國剛剛來了幾位使臣，捧著國書，說是新茶上市，齊威王要他們特地送一車新茶來給魏惠王。惠王十分高興，昨天晚上特地設宴款待齊使，並且叮囑龐涓今天早上一定要代表自己為齊使踐行，怎麼齊使剛走，孫臏就失蹤了？

可是，龐涓反覆回想每一個細節，又覺得這一定只是一個巧合，因為剛才在長亭，一切正常，絲毫不見孫臏的蹤影，士兵也說孫臏昨晚入夜之後就一如往常的爬回了豬圈，那麼，孫臏的失蹤怎麼可能會跟齊使有關呢？

最後，龐涓心想，算了，孫臏大概真的是不知道死到哪裡去了。為了避免惠王不悅，龐涓下令封鎖孫臏失蹤的消息，嚴厲的警告部屬，這個事絕對不要讓惠王知道。

18 懸疑陣法露玄機

周顯王十六年（前353年），魏惠王命龐涓率軍去攻打趙國。

魏軍一路挺進，很快便包圍了趙國的首都邯鄲（ㄏㄢˊ ㄉㄢ）。龐涓一方面派人回去向魏王報捷，一方面積極準備攻城，萬萬沒有想到，居然就在這個時候，忽然得到消息，說齊國大將田忌乘機偷襲他們魏國一個叫作襄陵的城鎮，而且襄陵守軍已經快要撐不住，可能很快就要失守了！

這個消息可把龐涓嚇了一大跳！因為襄陵距離都城安邑不遠，萬一襄陵被齊軍拿下，豈不是就要驚動都城、驚動惠王了嗎？

（這個時候魏國的都城還在安邑，後來才遷至大梁。）

「這怎麼得了！」龐涓驚呼：「快！我們趕快回去！」

然而，行軍至半途，在距離桂陵大約還有二十里的地方，他們竟然遭遇了齊軍。

當時，前鋒部隊是由龐蔥領軍，齊軍將領則是袁達，兩軍厮殺，戰了二十幾個回合，袁達詐敗而走，龐蔥擔心有詐，不敢追趕，便回頭想把剛才的情況先向龐涓報告一下。

龐涓聽了，非常不滿，大罵道：「只不過是一個偏將都不能生擒，這樣還怎麼擒田忌？」

說罷，便立刻親自率軍追趕。追到桂陵的時候，赫然看到大批的齊軍已經早就擺好了陣勢，似乎是專程等著他們。龐涓乘車，想要看清楚齊軍的陣法，這一看，可真是令他大吃一驚。

這種陣法並不多見，但是龐涓見過這種陣法，這正是當初孫臏剛剛到魏國的時候，在惠王面前所演示的「顛倒八門陣」啊！

「奇怪，齊軍怎麼會知道這種陣法？田忌又怎麼會知道這種陣法？」龐涓很是疑惑，「難道……那個瘸子沒死，而且還逃回了齊國？」

此時，從齊軍中閃出大將田忌的旗號，然後推出一輛戎車，只見田忌全裝披掛，手執畫戟，威風凜凜的立於車前。大將田嬰則挺戈立於車右。

田忌大呼：「請魏軍將領上前答話！」

龐涓親自應陣，並且一上來就主動對田忌說：「我們魏國與貴國一向友好，但是與趙國卻有夙怨，如今我們要解決與趙國的矛盾，貴國為什麼要干涉？希望將軍還是趕快退兵！」

田忌說：「實不相瞞，這是因為趙國已經把一些土地獻給我們的國君，所以國君便命本人率軍前來營救……」

（為了要救趙國，卻向魏國的都城進軍，這就是有名的「圍魏救趙」的典故。）

田忌緊接著還說：「要不然你們魏國也割一點地獻給我們國君，那我就馬上退兵。」

龐涓一聽，大怒道：「哼，你有什麼本事，也敢跟我叫陣？」

田忌微微一笑，「既然你有本事，那麼，你認得我現在所布的陣法嗎？」

「笑話！這是『顛倒八門陣』啊，在我們魏國，連三歲小兒都認得！我是從鬼谷先生那裡學來的，你又是從哪裡偷學了一點皮毛，還敢來反問我？」

「好，既然你認得，那你敢不敢打？敢不敢應戰？」

方才還態度囂張的龐涓，儘管此刻心裡其實還真有點兒猶豫，但是如果說不打，豈不是滅了自己的志氣，而長了田忌的威風？於是，他沒有多想，也來不及多想，就厲聲說：「我既然都看得出來，當然就能打！」

稍後，龐涓趕緊把自己的子弟龐英、龐蔥和龐茅叫過來，指示道：「這種

陣法待會兒會變成『長蛇』，到時候如果我們攻頭部，尾部會來相應；如果主攻尾部，頭部又會來應。所以，等一下我來領軍衝過去，你們三個則各領一軍，只要一看到他們的陣形變了，就三隊齊進，只要迫使他們首尾不能相應，我們就可以大勝，這種陣法沒有什麼了不起的！」

這些竅門都是昔日龐涓聽孫臏說過的，現在他就按照記憶做出了指示。

吩咐完畢，龐涓便領著先鋒部隊五千人，上前打陣。然而，才入陣中，就看到八方旗色紛紛轉換，眼看「顛倒八門陣」果然要開始變成「長蛇陣」了，然而，他們陣形變換得太快，身在陣中，根本分不清東南西北，更別說還要分得清對方的「頭」在哪裡、「尾」又在哪裡。慌亂之間，龐涓率領的先鋒部隊就已經深陷在「長蛇陣」之中，殺不出來，只能像個無頭蒼蠅似的拚命東衝西撞。

在一片金鼓亂鳴，砍殺吶喊聲直衝雲霄之際，龐涓猛然瞥見齊軍所豎的旗子上，竟然都有軍師「孫」的字樣！

龐涓大駭，「天啊！那個瘸子真的在齊國！糟了，我中計了！」

正在危急之間，龐英和龐蔥兩路殺進，經過一場血戰，好不容易總算救出了龐涓，但也只救出他一個人，五千先鋒部隊全部陣亡。

這場戰役，魏軍被殺得落花流水，損失慘重，一共有兩萬多士兵戰死沙場。龐茅也被田嬰所殺。龐涓的心中相當害怕，只得率領著殘兵敗將，棄營而遁，連夜逃回魏國去。

19 齊王暗下救援行動

孫臏確實是在齊國。桂陵之戰，他也確實就是齊軍的軍師。由於龐涓對於「顛倒八門陣」只懂一點兒皮毛，孫臏用這個陣法來對付，龐涓自然難以招架。

那麼，孫臏怎麼會在齊國？他又是在什麼時候逃回齊國的呢？

其實，龐涓之前猜測得沒錯，就是和那次齊使來訪有關。那一次，齊使表面上是打著貢茶的名義來訪，實際上是要暗中進行一項救援行動，而援救的目標就是孫臏。

原來，有一回當雲遊四方的墨翟來到齊國的時候，碰到一個弟子禽滑釐剛巧從魏國而來，墨翟就問起孫臏現在在魏國的狀況，是不是發展得很順利？沒想到禽滑釐卻說，孫臏的處境很悲慘，聽說不僅遭到殘酷的刖刑，還成了瘋子，整天髒兮兮的在大街上爬來爬去。

得知孫臏竟然如此悲慘，墨翟非常吃驚，不由得慨嘆道：「唉，我向魏王舉薦孫臏，本來是想助他發達，沒想到結果卻反而是害了他呀！這個消息是確實的嗎？」

禽滑釐回答道：「應該是真的，只是弟子因為趕路，並沒有親眼看到他。」

不過，墨翟與禽滑釐師生倆經過一番討論，在同情孫臏之餘，不禁也想到另外一種可能性，那就是孫臏是真的瘋了嗎？他會不會只是裝瘋，以此來鬆懈魏國對他的監視，然後就這麼默默的等待救援？

這麼一想，他們就都有了想要營救孫臏的念頭，便趕快與大將田忌商量，爭取田忌的支持。

接著，田忌再去說服齊威王。

田忌說：「國有賢臣，如今卻在異國受辱，這是我們不能容許的事啊！」齊威王也覺得很氣憤，畢竟孫臏是孫武的孫子，也算是名門之後，如今卻流落異鄉，還如此狼狽，這實在很傷齊國的顏面，便打算發兵去打魏國，把孫臏接回來。不過，田忌擔心若是公開打著營救孫臏的旗號來發動戰爭，會不會反而促使魏國在惱羞成怒的情況下殺了孫臏？因此建議威王，救援行動還是在暗中進行比較好。

齊威王同意了，就按田忌的計畫，派遣使臣，捧著國書，押著茶車，到魏國拜訪魏惠王。對魏國比較熟悉的禽滑釐也混在使節團中。

當天晚上，當惠王正在高高興興的宴請齊國使節團的時候，趁著舉座都已經酒酣耳熱之際，禽滑釐帶著兩個小兵，悄悄脫離了龐涓等人的視線，不聲不響的摸到了臭氣熏天的豬圈。

黑暗之中，只見在豬圈汙穢的角落裡，有一個模模糊糊的身影。

「孫卿，是你吧？」禽滑釐輕聲問道。

無人應答。

禽滑釐再靠近一點，借著月光，終於看清了那個身影。那的確是一個人，就那麼頹喪不堪的靠坐在牆角，從頭髮、臉到那身破破爛爛的衣服，渾身上下都髒亂無比也邋遢無比。此刻，這個髒兮兮的傢伙雖然是清醒著，但是，兩眼直直的注視著前方，就算聽到有人摸進了豬圈，彷彿也與他無關，他動也不動，仍然就那麼呆坐著。

禽滑釐注意到那人臉上的神情……啊，那是一張多麼悲傷的臉啊！

禽滑釐的內心受到很大的觸動，又連連喚了幾聲，終於，那個人的眼神朝著禽滑釐這裡看過來，只這麼一眼，禽滑釐就可以肯定了。

「孫卿，真的是你！」禽滑釐哽咽道：

「你……你受苦了……」

禽滑釐在多年以前曾經見過孫臏一次，那個時候的孫臏是多麼的氣宇軒昂啊，儘管如今已經完全變了一個樣，但是，從一個人的眼神仍然可以看出一點不變的東西。

「禽滑釐，是你？」孫臏緩緩開口道：「你怎麼來了？」

禽滑釐很激動，「太好了！原來你真的沒瘋！」

「是的，我沒瘋，」孫臏以極為沉重的語氣慢慢說道：「我只能這樣抱著一線希望等待著機會，現在，終於讓我等到了……」

說到這裡，兩行熱淚從孫臏的臉龐無聲的緩緩滑落……

20 錦囊裡的救命符

在多年前的那個夜晚，當孫臏從充滿正義感的老僕口中得知真相，原來等自己一把兵書寫好，龐涓就要動手除掉自己的時候，當場就愣住了。再次聯想這個所謂「私通齊國」的事件，其實從頭到尾都是疑點重重，儘管其中有些細節孫臏無法弄清楚，但是，一切原來都是龐涓在陷害他，這個事實是已經非常清楚的了。

龐涓？這個與自己有著多年同窗情誼，並且一直以兄弟相稱的龐涓，居然會這樣的假仁假義？居然會這麼惡毒的陷害自己？

孫臏簡直是不敢相信，然而，鐵一般的事實又迫使他不得不相信。恍然大悟的孫臏，沒有時間憤怒，也沒有時間難過。現在，既然已經明白龐涓原來是這樣陰險毒辣的小人，兵書還可以給他嗎？當然不可以！而且，既然龐涓是這麼的容不下自己，眼前最緊急的問題就是該如何脫險呢？

這個時候，孫臏想到了鬼谷先生給自己的那個錦囊。他記得鬼谷先生交代過，這個小小的錦囊一定要隨身攜帶，一旦碰到危及性命的時刻，就趕快打開來看。裡頭的指示，將可救自己一命。在即將被執行刖刑的時候，孫臏都還沉得住氣，並沒想到要打開這個錦囊，但是現在……他覺得是打開錦囊的時候了！

錦囊裡頭有一小片黃絹，攤平一看，中間有三個字，那就是──「詐瘋魔」！

孫臏一時不免百感交集，原來，鬼谷先生早就料到會發生這一切啊！

稍微一思考，孫臏就覺得……對，趕快裝瘋！只有這樣才可以趁亂毀掉那已經寫好的兵書，也才有機會讓龐涓放過自己。

於是，稍後當老僕再回到房間的時候，就非常吃驚的發現，飽受刺激的孫臏發瘋了！

當然，接下來，為了讓龐涓相信自己是真瘋而不是假瘋，孫臏也付出了很大的代價。他不顧形象，住豬圈、吃髒東西，好不容易才讓龐涓相信自己已經是一個無用之人，漸漸放鬆了對自己的監視，

只在豬圈外面派一個士兵防守。

接下來，孫臏每天都要爬到大街上去，他的目的，並不是要爭取更多人的同情，而是希望也許有一天自己落難的消息能夠傳到齊國，或是讓任何有能力幫助自己的好心人知曉。終於，在經過漫長的等待之後，禽滑釐經過魏國時，聽到了孫臏的不幸，然後把這個消息帶回齊國。

21

禽滑釐仗義助孫臏

孫臏把自己的遭遇簡短的告訴了禽滑釐。禽滑釐憤慨的說：「君子報仇，十年不晚！現在，我們先趕緊把你帶離這裡再說！」

禽滑釐命身旁的一個小兵把衣服脫下來，跟孫臏對換，吩咐小兵還要在豬圈的地上打幾個滾，再把泥土抹在臉上，總之，就是假裝成孫臏，繼續待在豬圈裡。

負責看守豬圈的士兵說，那天半夜起來小解時還看到過孫臏，實際上他看到的就是已經被掉包的孫臏。真正的孫臏，已經被禽滑釐和小兵合力抬走了。他們趁著黑夜把孫臏先藏進了空空的茶車。

第二天早上，當龐涓在長亭為齊使踐行的時候，怎麼也想不到他恨之入骨的孫臏，其實就在茶車裡。

孫臏就這樣被救回了齊國，而充當他替身的那個小兵，在第二天一大早，把髒衣服扔在井邊，製造孫臏投井的假象以後，也很快就溜了。

孫臏離開了魏國的領土以後，第一件事便是沐浴更衣。至此，他才感覺到自己彷彿獲得了新生。苦難終於過去了。

車隊來到距離臨淄還有大約十里的地方，遠遠的就已經看到齊國大將田忌親自前來迎接。這令孫臏十分感動。

很快的，田忌帶著孫臏入朝謁見齊威王，威王對孫臏的遭遇表示了同情，同時，也向孫臏問起兵書，還說想給孫臏一個官職。不過，孫臏對於威工的提議，堅定的婉謝了。

孫臏說，如果龐涓聽到自己現在居然跑到齊國來任職，恐怕又會忌恨，搞不好會無故產生什麼事端，還不如把這個事情祕而不宣，不要讓龐涓知道自己到了齊國，日後只要有用得到自己的地方，一定會盡心盡力的出謀劃策。

齊威王同意了，命孫臏從此就住在田忌家，田忌把孫臏尊為上賓。

下得朝來，孫臏惦記著想要禽滑釐帶自己去拜謝墨翟，卻發現墨翟和禽滑釐師生倆已經不辭而別，雙雙離開了齊國，大概又繼續雲遊去了。這令孫臏感到十分遺憾。

接下來，孫臏又要人幫忙尋找自己的表兄，找了很久，一無所獲。直到這時，孫臏也才總算徹底確定了多年前那封所謂來自家鄉表兄的家書完全是假的。

22

千金之賭

儘管每次回想起在魏國的這幾年，仍然覺得像一場惡夢，不過，在田忌一家上上下下的細心照料下，孫臏慢慢適應了新的生活，無論身心，都得到很大的慰藉。

齊威王在閒暇之時，很喜歡與宗族諸公子在一起以馳射賭勝為樂。有一天，田忌邀孫臏同至射圃參觀比賽，孫臏去了。他很安靜，幾乎沒說什麼話，就坐在那兒默默的觀察。

這天，田忌輸了，應該說是又輸了，因為在大家看來，齊威王是永遠的贏家，只要有威王參賽，就誰也別想贏。比賽是分成三輪進行，按馬兒的優劣，上等馬跟上等馬比，中等馬跟中等馬比，下等馬又跟下等馬比。威王經常是三輪比賽全贏，沒嘗過敗績。

可是，孫臏經過觀察，認為參賽者的馬兒其實都差不多。那麼，威王在馳射賭勝這種活動中贏家的地位就是永遠都不可能撼動的嗎？孫臏認為那可不見得，因為，實力固然很重要，但有時在雙方實力差距不是那麼大的時候，如果能夠巧妙的善用形勢，就很有機會改變勝負。

按今天的概念來理解，就是說除了要講實力，也要講策略。

於是，活動結束，孫臏就跟田忌說：「明天的比賽，我可以讓你獲勝。」

「別開玩笑了吧！」田忌的第一反應就是不可能。

「不開玩笑，是真的。」

「可是，誰能跑得過大王的馬啊！」

「不，其實馬力都是差不多的。」

「但是，從來沒人在大王的面前取勝過呀！」

孫臏笑道：「只要你聽我的安排，明天我保證你贏。」

「真的？你真的這麼有把握？」田忌的興趣也來了，「如果你真的有把握讓我獲勝，我就來跟大王要求賭大的，就賭千金吧！」

「可以啊，」孫臏說：「你去跟大王說吧，就賭千金。」

田忌看看孫臏，感覺孫臏的口氣雖然淡淡的，但是神情從容，讓人一看就是很有安全感。田忌雖然猜不透孫臏的葫蘆裡到底賣些什麼藥，但此刻他相信孫臏一定是很有把握才會做出這樣的提議。

於是田忌去向威王說：「最近的馳射，臣總是輸，明天臣打算傾全部家財來一決勝負，就以千金為賭注，好嗎？」

「好啊，哈哈，就這麼說定！」威王呵呵一笑，覺得很有趣。如果田忌敢以千金為賭注，威王有什麼不敢？

消息傳出去之後，第二天，射圃擠滿了人，保守估計也有好幾千人，除了威王宗族諸公子，遠遠的還聚集了好多聞風而來的老百姓，大家都想看看這個千金賭局的結果怎麼樣。

一個與田忌特別親近的朋友悄悄問道：「你想清楚了沒有啊？千金一賭，這可不是好玩的啊！」

田忌則神祕兮兮的回答道：「放心吧，我有孫先生教給我的好辦法，不會輸的。」

比賽一共是三回，三打兩勝。

第一回合的比賽結果，照例還是威王獲勝，而且，大家都感覺威王今天的領先程度明顯的比平常還要大。

很多人都感到很奇怪，還以為田忌是不知道從哪裡偷偷弄來了特別能跑的馬，才敢這樣跟威王挑戰，還說什麼賭千金，如果存心想要傾家蕩產，何必這麼麻煩，把銀子拿出來統統扔到大街上就可以了呀！

威王看起來似乎有些意外，但也很高興，對著田忌說：「哈哈，不好意思，又是我贏啦！」

其實威王也覺得今天第一回合的取勝似乎太簡單了，簡單到令人意外。

田忌的朋友都著急了，都責怪田忌：「哎，你開什麼玩笑啊！」

田忌卻說：「別急，還有兩局呢。」

朋友心想，還有兩局又有什麼用，大家都是把跑得最快的上等馬推出來放在

第一回合跑，如果田忌的上等馬都跑成這樣，接下來的中等馬和下等馬，還能指望牠們能夠有什麼特殊的表現？

然而，出乎大家的意料，接下來的兩局，田忌竟然都取勝了。這麼一來，三打兩勝，田忌贏了！

這還是頭一回有人能夠在馳勝中贏過威王。

威王自己也感到很詫異，好奇的問田忌：「你是從哪裡找來這些好馬的啊？」

田忌回答道：「啟稟大王，臣並沒有新的馬，都是原本就有的馬，而且都是昨天才參加過比賽的。」

「是嗎？」威王不解，「那為什麼今天你能夠贏過寡人呢？應該還是寡人取勝才對呀。」

田忌說：「這都是靠孫先生的安排，是他教我的。」

說罷，田忌朝著孫臏看過去，遠遠的，孫臏的臉上仍然是一抹淡淡的笑容，絲毫沒有勝利之後的得意與猖狂。

孫臏建議田忌的取勝之道很簡單，就是打破大家的慣例，將馬兒的出場序重新做一番調整而已。今天的第一回合，田忌派出的不是自己的上等馬，而是最不怎麼樣的下等馬，因此，難怪今天威王贏得特別容易，但是在接下來的兩局，田忌以自己的上等馬來對抗威王的中等馬，然後再以自己的中等馬對抗威王的下等馬，這樣自然就能夠取勝了。孫臏強調，放眼齊國所有的好馬，一定都集中在王廄，如果想要硬碰硬用自己的好馬來對抗威王的好馬，幾乎是不可能有取勝的機會，想要取勝，就只有另闢蹊徑，才能夠出奇制勝。

威王在得知內情之後，十分佩服，大嘆道：「這雖然只是一件小事，但由此已可看出孫先生是多麼的足智多謀啊！」
想到如此優秀的人才現在是歸自己所用，威王更是感到非常的高興！
後來，魏國要打趙國，趙成侯緊急派人來向齊威王求救，允諾把中山之地奉送給齊國，懇請齊國出兵相救。齊威王同意了。一開始，威王很想拜孫臏為大將，但是孫臏再三推辭，說像他這樣受過刑的殘廢之人，如果擔任主帥，一定會讓人誤以為齊國沒有人才了，還是請大王以田將軍為主帥吧！
齊威王最終接受了孫臏的意見，便以田忌為將，而以孫臏為軍師，出兵援救處於危難之中的趙國。
孫臏向田忌建議道：「趙國大將都不是龐涓的對手，現在魏軍又已經快要把邯鄲拿下來了，我們根本趕不到的，不如放出消息，說我們出兵要去打他們魏國的襄陵，襄陵是魏國的重鎮，龐涓聽到這個消息，一定會立刻回師，到那個時候我們就在半道上打他，一定可以取勝。」

「妙計，妙計！」田忌深感佩服，馬上採納這個別出心裁的計謀。

於是，齊軍就有了後來在桂陵的大勝。

23 龐涓再耍卑鄙招數

雖然魏軍在桂陵遭到潰敗，不過魏惠王看在龐涓取邯鄲有功，還是同意龐涓將功抵罪，所以龐涓並沒有受到懲罰。不過，自從知道孫臏非但沒死，居然還逃回齊國並且當起了齊軍的軍師後，龐涓的心裡真是惴惴不安，過沒多久，就私下派出密使跑到齊國，以千金向相國騶（ㄗㄡ）忌行賄，希望騶忌能夠罷免孫臏的職務。

這對於騶忌來說，真是正中下懷。因為，自桂陵一戰取得大勝之後，齊威王就非常寵任田忌和孫臏，把兵權都教給他們，騶忌擔心自己這個相國的位置會受到威脅，本來就已經看田忌和孫臏不順眼，很想找個機會對付他們，如今，受到來自魏國龐涓的「鼓勵」，騶忌開始非常積極的在威王面前不斷的講田忌的壞話，再加上配合一些陰謀詭計，漸漸的，威王對田忌的信任果真開始動搖。當田忌察覺到這個現象之後，乾脆主動託病辭掉了兵權，想讓威王放心，表示自己絕不可能對威王不忠。孫臏也同時辭去了軍師的職務。

當田忌和孫臏失勢的消息傳到魏國的時候，龐涓高興死了，得意洋洋的說：

「哈哈！今後我就可以放心的橫行天下了！再也沒有人可以妨礙我了！」

24 出兵的戰略分析

不過，龐涓沒能高興太久。一年之後，齊威王過世，子辟疆即位，這就是齊宣王。之前騶忌中傷田忌的事，齊宣王都很清楚，原本就很為田忌以及孫臏打抱不平，同時，齊宣王深知孫臏擁有了不起的才能，深感像這樣的人才如果藏而不用，實在是國家莫大的損失，因此，宣王剛剛即位，就迫不及待的重新任命田忌為大將，孫臏為軍師。

不久，田忌和孫臏就再度奉命一起帶軍出征。

這是因為龐涓統領魏軍去打韓國，齊宣王便命田忌和孫臏帶五萬大軍趕緊前去搭救。

戰國時代，國與國之間的關係錯綜複雜，譬如這一年，魏國之所以會去打韓國，齊國又為什麼要去救韓國，就是一個典型的例子，其中充滿了每個國家各自的算盤。

先說一說魏軍出兵的理由。這是因為龐涓截獲了一項情報，得知在韓昭侯派兵滅了鄭國以後，趙相國公孫侈特意來到韓國，一方面向韓昭侯道賀，一方面也慫恿韓昭侯上下夾擊，一同起兵伐魏（就地理位置而言，魏國剛好是在韓趙兩國的中間）。趙相國這番提議獲得韓昭侯的熱烈響應，他們一拍即合，甚至還約定好等滅了魏國之後，韓趙兩國就要一起瓜分魏國的土地。因此，龐涓上奏魏惠王，力主應該先下手為強，趁韓趙兩國的密謀還沒來得及付諸實施之前，先去攻韓。

惠王覺得龐涓說得很有道理，便命世子申為上將軍（「世子」就是法定繼承人），命龐涓為大將，幾乎是傾全國之兵，聲勢浩大的向韓國進發。

魏軍驍勇善戰，一路挺進，很快就直逼韓國的都城，韓國遂十萬火急的派人來向齊宣王求救。

到底要不要出兵相救？齊宣王召集群臣，共同研究。結果，救還是不救，群臣意見不一。

相國騶忌認為，韓魏兩國火拼，那是他們的事，齊國最好「坐山觀虎鬥」，不要去救，看他們兩國去打，這樣才最符合齊國的利益。

田忌和田嬰則認為，如果袖手旁觀，一旦魏國滅了韓國，一定會禍延齊國，所以還是應該現在就出手相救才是，保住韓國的同時也就等於是遏制了魏國。

宣王覺得這兩種意見好像都有點道理，這時，見孫臏一直保持沉默，便詢問孫臏的意見，到底應不應該出兵去救韓國？難道救與不救，都不是好主意嗎？

孫臏說：「那倒不是，只是微臣認為事情不是只有救或不救這麼簡單。」

孫臏接著分析，魏國自命強大，前年伐趙，今年攻韓，他們怎麼可能不覬覦齊國，只不過是現在還沒有找到適合的時機進犯而已，所以，如果現在不救韓國，等於是拋棄了韓國，卻便宜了魏國，所以，說不救是不對的；但是，另一方面，現在魏軍才剛剛發動對韓戰爭，韓國還並沒有到山窮水盡的地步，如果現在就去救，等於是派齊國的士兵去代替韓軍受死，這也不符合齊國的國家利益啊，所以說出兵相救也不一定對。

「那麼，到底要不要救？」宣王又問了一次。

孫臏說，為大王著想，建議最好是先答應韓國一定會出兵相救，讓韓國安心，這麼一來，韓國有了希望，能提高鬥志，一定會盡力抵禦，努力撐到齊國救兵的到來，這同時也就增強魏軍攻韓的難度，而魏軍為了破韓，勢必會全力猛攻，軍力自然也就會大量消耗。孫臏認為，要到這個時候才是齊國真正出手救韓的最佳時機，因為，在這個時候出手，齊國所面對的就是疲憊不堪的魏軍，比較好打，而擋住魏軍之後，獲得解救的是處於危難之中的韓國，對於齊國的感激也會達到頂點。

簡單來說，孫臏認為，雖然出兵去救韓國是必須的，但是怎麼救、以及什麼時候出手去救，這些事情還是要仔細考量。只有時機選得好、選得對，才能用最少的力量來得到最大的收效。

聽完孫臏如此精闢透徹的分析，宣王不由得大聲鼓掌，連聲讚美道：「妙哉，妙哉！實在是說得太好啦！」

緊接著，宣王馬上就採納孫臏的建議，命人把來自韓國的使臣叫進來，告訴他，齊國同意出兵救韓。

25 孫臏復仇記

孫臏告訴田忌，要在犧牲最小的情況下解決紛爭，迅速取勝，就必須「攻其所必救」，就是說要去攻打對手一定會傾全力來保護的地方，所以，他採用了上一次「圍魏救趙」的計策，就是說明明出兵的目標是為了要搭救韓國，但是卻不把齊軍拉到韓國去跟魏軍正面交鋒，反而是去打大梁。（這個時候魏國的國都已經從安邑遷到大梁了。）

果然，龐涓一聽國都危急，就像上一次一樣，只好氣急敗壞的趕緊從韓國撤兵，然後快馬加鞭，帶著部隊拚命往回趕。

龐涓一面趕路，一面不停的咒罵這些該死的齊軍，總是在緊要關頭跑來跟他搗蛋，實在是太可恨了！

當他們趕回到魏國的邊境時，發現了齊軍通過所留下明顯的痕跡。

龐涓仔細觀察齊軍紮營的地方，不僅非常寬敞，而命人清點那些燒飯的灶的數量之後，估計竟然可以煮給十萬個人吃。龐涓大驚失色道：「糟了！齊兵居然有這麼多！這可不好對付，我們千萬不能輕敵！」

當天晚上，龐涓幾乎夜不能寐，一直在想著以人數來看，兩軍差距實在是太大了，如果和齊軍正面遭遇，恐怕一定會吃虧，這可怎麼辦呢？這個仗該怎麼打才好？

第二天，他們又發現齊軍所留下的足跡，但是，檢查那些灶，非常驚訝的發現比前一天減少了很多，居然只夠煮給五萬個人吃。

「難道……」龐涓喜形於色，頓時覺得壓力減輕了很多。

到了第三天，情況又有變化，那些灶竟然只夠供應三萬人吃飯。

「哈哈！」龐涓擺出一副額手稱慶的模樣說：「太好了，真是託魏王的洪福保佑呀！」

龐涓心想，虛驚一場，真是太好了！

世子申在旁問道：「軍師怎麼這麼高興？」

龐涓回答道：「我早就知道齊人膽小，可沒想到居然會膽小到這種地步！才剛剛踏入我們魏國的土地，士兵就已經逃走一大半了，否則那些灶的數量怎麼會少這麼多？像這樣的烏合之眾，怎麼經得起打！」

世子申不大放心，提醒道：「齊人多詐，軍師還是要提高警覺才是。」

「放心好了，」龐涓信心滿滿的說：「田忌那些傢伙今天自己來送死，我再怎麼不才，也一定可以生擒田忌等人，一雪桂陵之恥！」

龐涓戰鬥心切，當下立刻傳令，挑選精銳部隊兩萬人，由自己與世子申分為兩隊統領，加快速度前進，想要盡快追上那些怯戰的齊軍，然後把他們痛宰一頓。其他部隊則由龐蔥帶領隨後跟著。

這天，在傍晚的時候，龐涓的部隊來到了馬陵道。

此時是十月下旬，沒有月色，天空一片漆黑。前軍回報，說前面有斷木擋道，難以前進。龐涓大罵道：「這一定是齊軍害怕我們緊跟其後，所以想用這種幼稚的手段來阻擋我們，還不趕快把那些斷木給我搬開！」

龐涓心急的想要開出一條路，便親自指揮士兵趕快把路上的斷木搬開。忽然，他一抬頭，看到前方有一棵大樹，樹幹上好像有一大塊樹皮被剝掉了，露出一片白白的地方，而在那白白的地方，上面好像有一些圖案……不，好像是一些字跡，但是一方面距離太遠，一方面視線不佳，所以龐涓瞇著眼看了一會兒之後還是看不清。

樹皮上到底有些什麼呢？會不會是齊軍留下的痕跡？

龐涓十分好奇，大喝一聲：「來人啊，給我火把！」

士兵們遂紛紛舉起火把，跟隨龐涓向前走去，一直走到那棵大樹的前面。

在火光之下，龐涓赫然發現，這棵大樹被砍白的樹身上果然有一行用黑煤所寫的字：

龐涓就死在這裡！

落款人則是——「**軍師孫臏**」。

龐涓一看，大驚道：「天啊，是計！快走……」

然而，話音未落，無情的箭就已經「咻咻咻」的從四面八方一股腦兒的朝著龐涓而來！

暴露在火光之中的龐涓及其部眾，就這樣活生生的成了魏軍的箭靶子！……

26 惡人的末路

世子中提醒龐涓說「齊人多詐」，要龐涓提高警覺，說得一點也沒錯，可惜龐涓不予理會；那些凌亂的行軍痕跡，特別是每日都在大量減少的灶的數量，實際上都是孫臏特別設計用來迷惑龐涓的。孫臏知道魏軍向來悍勇但是非常輕敵，他剛好就是要利用魏軍（特別是龐涓）輕敵這個弱點，來製造對自己有利的形勢，結果龐涓還真的就上當了。

龐涓以為齊兵怯戰，更以為在齊軍中逃兵的問題非常嚴重，滿心以為只要盡快追上齊軍，就可以立刻勢如破竹，大破齊軍，根本就沒想到自己這番反應其實完全是在孫臏的意料之中。

龐涓一路追趕，齊兵一路觀察跟蹤，然後不斷回報給孫臏。當孫臏得知魏軍已過沙鹿山，並且不分日夜都在拚命往前追趕的時候，孫臏屈指計程，料定魏軍在日暮時分一定會到達馬陵道。馬陵道夾在兩山之間，又長又窄，是一個絕佳的發動伏擊的地方。

「真是天意啊，」孫臏不由得默默的想著：「所有的恩怨，今天就要在此了結了。」

孫臏下令士兵們砍樹，然後把斷木都堆在路上，做出故意阻擋魏軍前進的樣子。但是，在把周邊的樹都砍得差不多的時候，孫臏特別挑了一棵大樹留下來，命士兵在樹身剝掉一大塊樹皮，再用黑煤寫上那幾個字。

等到龐涓完全中計，一站到樹下，把那幾個字看個分明的時候，孫臏一下令，剎那間萬箭齊發，魏軍頓時死傷慘重。龐英首先中箭而死。龐涓自己也受了重傷，他心知在這樣敵暗我明的情況下，勢必無法逃脫，恨恨的想著：「啊，如果我早就把這個瘸子給宰了就好了！……」

然後，他用最後僅存的一點力氣，拔箭自刎而死。

接下來，齊軍乘勝追擊，把魏軍徹底打垮，還俘虜了世子申。魏軍遭到前所未有的慘敗。之後，魏國又被秦國屢屢擊敗，喪失黃河以西的大片土地。

發生在周顯王二十七年（前342年）的馬陵之戰，可以說不僅是魏國走向衰敗的一個重要轉折點，同時也是中國軍事史上非常傑出的戰役之一，更是孫臏用兵的代表作。

27

留給後人珍貴的遺產

當年龐涓要離開鬼谷的時候，鬼谷先生為他占卜，說他將有十二年的榮景，算算龐涓自從被魏惠王任命之後，到最後馬陵遇襲身亡，前後正好是十二年；鬼谷先生說龐涓「遇羊而榮，遇馬而瘁」，龐涓最後果真就是死在馬陵這個地方，「遇馬而瘁」之說也應驗了；鬼谷先生還告誡過龐涓，「千萬不要欺人，如果你欺人，他日必定也將會被人欺」，但是，龐涓因為忌才，竟然如此不顧道義，不惜同門操戈，以偽造的書信陷害孫臏，並且狠心用那麼殘酷的刑罰來對付孫臏，到頭來欺人之人，果真也兩次嘗到狠狠被人欺的滋味，竟兩次中了孫臏的計。

此外，當年孫臏在送別龐涓的時候，龐涓明明說等自己安頓好了就會向魏王舉薦孫臏，甚至還信誓旦旦的說，如果自己違背了誓言，日後就「死于萬箭之下」，結果，沒想到最後也是一語成讖啊！

馬陵一役取得重大勝利之後，田忌和孫臏凱旋回國，受到齊宣王大加讚揚，相國騶忌既慚愧又心虛，便主動辭去了相國的職務。

後來，田忌接任為相。為了感謝孫臏，田忌想要大大的獎賞孫臏，但是孫臏堅決不接受。

大仇已報，接下來孫臏只想做一件事，那就是把《兵法》十三篇記錄下來。

戰國中期，孫臏及其弟子們寫下一部中國古代著名的兵書，叫作《孫臏兵法》，古稱《齊孫子》，這本書繼承並發展了包括《孫子兵法》等書的軍事思想，總結了戰國中期及其以前的諸多戰爭經驗，無論是對於戰爭的思考、軍隊建設或是作戰指導等各方面，都提出了許多很有價值的觀點以及原則。

比方說，孫臏認為「富國」必在「強兵」之前，就是說一個國家只有先富裕起來了，「強兵」才可能有可靠的基礎和保障；而關於「強兵」，孫臏非常重視訓練、法制和將帥的條件；關於作戰指導，孫臏強調應該創造有利的作戰態勢，這個理念在馬陵之戰中獲得了充分的展現。此外，孫臏還提出許多如何以寡敵眾、以弱勝強的戰法。

等到孫臏親手把兵書獻給宣王之後，隨即就辭官，隱居起來了。

一直到現在，孫臏仍被世人公認是中國歷史上繼孫武之後，又一位了不起的戰爭謀略大家。

而在戰國時代結束以前，齊國始終是屹立於東方的大國，與西方日漸強大的秦國一直遙相對應。

國家圖書館出版品預行編目（CIP）資料

孫臏智鬥龐涓 / 管家琪文 ; 蔡嘉驊圖.
-- 初版. -- 台北市 : 幼獅, 2014.05
面 ;　公分. --（故事館 ; 23）

ISBN 978-957-574-955-2（平裝）

859.6　　103006433

・故事館023・

孫臏智鬥龐涓

作　　者＝管家琪
繪　　圖＝蔡嘉驊
出 版 者＝幼獅文化事業股份有限公司
發 行 人＝李鍾桂
總 經 理＝王華金
總 編 輯＝劉淑華
主　　編＝林泊瑜
編　　輯＝朱燕翔
美術編輯＝李祥銘
總 公 司＝(10045)台北市重慶南路1段66-1號3樓
電　　話＝(02)2311-2832
傳　　真＝(02)2311-5368
郵政劃撥＝00033368

門市
・松江展示中心：(10422)台北市松江路219號
電話：(02)2502-5858轉734　傳真：(02)2503-6601
・苗栗育達店：36143苗栗縣造橋鄉談文村學府路168號（育達科技大學內）
電話：(037)652-191　傳真：(037)652-251

印　　刷＝祥新印刷股份有限公司
定　　價＝220元
港　　幣＝73元
初　　版＝2014.05
書　　號＝984185

幼獅樂讀網
http://www.youth.com.tw
e-mail:customer@youth.com.tw

行政院新聞局核准登記證局版台業字第0143號

幼獅文化公司／讀者服務卡／

感謝您購買幼獅公司出版的好書！
為提升服務品質與出版更優質的圖書，敬請撥冗填寫後（免貼郵票）擲寄本公司，或傳真（傳真電話02-23115368），我們將參考您的意見、分享您的觀點，出版更多的好書。並不定期提供您相關書訊、活動、特惠專案等。謝謝！

基本資料

姓名：……………………………………先生／小姐

婚姻狀況：□已婚 □未婚　職業：□學生 □公教 □上班族 □家管 □其他

出生：民國…………年…………月…………日

電話：（公）…………（宅）…………（手機）…………

e-mail：……………………………………

聯絡地址：……………………………………

1.您所購買的書名：**孫臏智鬥龐涓**

2.您通常以何種方式購書?：□1.書店買書 □2.網路購書 □3.傳真訂購 □4.郵局劃撥
（可複選）□5.幼獅門市 □6.團體訂購 □7.其他

3.您是否曾買過幼獅其他出版品：□是，□1.圖書 □2.幼獅文藝 □3.幼獅少年
□否

4.您從何處得知本書訊息：□1.師長介紹 □2.朋友介紹 □3.幼獅少年雜誌
（可複選）□4.幼獅文藝雜誌 □5.報章雜誌書評介紹…………報
□6.DM傳單、海報 □7.書店 □8.廣播(　　　　)
□9.電子報、edm □10.其他…………

5.您喜歡本書的原因：□1.作者 □2.書名 □3.內容 □4.封面設計 □5.其他

6.您不喜歡本書的原因：□1.作者 □2.書名 □3.內容 □4.封面設計 □5.其他

7.您希望得知的出版訊息：□1.青少年讀物 □2.兒童讀物 □3.親子叢書
□4.教師充電系列 □5.其他

8.您覺得本書的價格：□1.偏高 □2.合理 □3.偏低

9.讀完本書後您覺得：□1.很有收穫 □2.有收穫 □3.收穫不多 □4.沒收穫

10.敬請推薦親友，共同加入我們的閱讀計畫，我們將適時寄送相關書訊，以豐富書香與心靈的空間：

(1)姓名…………e-mail…………電話…………
(2)姓名…………e-mail…………電話…………
(3)姓名…………e-mail…………電話…………

11.您對本書或本公司的建議：

廣　告　回　信
台北郵局登記證
台北廣字第942號

請直接投郵　免貼郵票

10045　台北市重慶南路一段66-1號3樓

幼獅文化事業股份有限公司

請沿虛線對折寄回

客服專線：02-23112832分機208　傳真：02-23115368

e-mail：customer@youth.com.tw

幼獅樂讀網http：//www.youth.com.tw